INK 文學叢書 007

鞍與筆的影子

張承志◎著

目錄

擊筑的眉間尺

一

我是退役的考古隊員，對文物，常能享受先睹爲快的特權。

夏天聽說，在長沙的一座西漢大墓中，出土了三件木器。認出後人人震驚，原來它們就是司馬遷寫過、但世間久已失傳的古樂器——筑。

恰逢我正在湖南求學，聽說了這個消息，趕快求湖南的同學。於是獲得了長沙市考古隊特許，參觀了這批尚未脫水的古筑。

筑一共出土了三件，都已殘斷。它們還泡在水中保管著，任漣漪徐徐撫摸著斷體。一刻面對著筑，人便不知言語。是司馬遷的美文使得它如此著名呢，還是它給了司馬遷以難逢的感悟？是唯獨我對此物牽念太久呢，還是凡人心都怦然一動，儘管無言，一時都不及深究。

只有一點是事實：筑，已經又破土出世了。

筑身窄長，筑頸呈三角形。可以想見，以前曾有五根弦：一根壓三角頂棱，兩根貼著左側的斜面，另兩根順著右側斜面。五根弦分在徵、羽、宮、商、角；兩側的筑弦被扼住後，又分別變成羽、變宮、宮、角、變徵五聲。

兩千年前，司馬遷著成了《史記》。

這部書中有一篇〈刺客列傳〉。由於這篇特殊的記述，中國的烈士傳統得到了提煉。〈史記・刺客列傳〉從少年時代便給了我鏤刻般的記憶，不僅使我不能忘卻，而且使我評定它是中國古代散文之最。

我已經兩次寫過關於它的讀後感。但是，或因初作太短，未能盡興（若〈靜夜功課〉）；或已遭刪塗，更怕曲解（若〈清潔的精神〉），因此借傳播長沙考古隊的功績之機，第三次清夜命筆，吟唱我鍾愛的異端。

二

我沒有資格對那個時代妄加議論。哪怕再有一位前輩執筆，我也絕不敢涉及此界。讀著那時的文學，總是心驚手顫。

長久以來，我發覺，這種心緒一直伴隨著我，如影隨身。

魚腸劍，已是湮滅太久的故事。「士爲知己者死，女爲悅己者容」，早變成市井的常談。可是，那時的精神，比如荊軻、高漸離的形象，卻不會褪色。它們如出土的寶貝，只需擦拭掉黏裹的泥巴，便又閃亮起優美的光澤。

荊軻也曾因不合時尚潮流而苦惱；與文人不能說書，與武士不能論劍。他也曾被逼得性情怪僻：賭博嗜酒，遠遠地走到社會底層去尋找解脫，結交朋黨。他和流落市井的藝人高漸離終日唱和，相樂相泣。

圖窮匕首現，荊軻犧牲了。繼荊軻之後，高漸離帶著到今天已是闊別兩千年的筑，獨自地接近了秦王。他被秦王認出是荊軻黨人，被挖去眼睛，階下演奏以供取樂。但是高漸離筑中灌鉛，樂器充兵，艱難地實施了第二次攻擊。

高漸離奏雅樂而行刺的行爲，應該說已經與燕太子的事業無關。他的行爲，已經完全是一種不屈情感的激揚，是一種民衆對權勢的不可遏止的蔑視，是一種已經再也尋不回來的，淒絕的美。

風蕭蕭兮易水寒，壯士一去兮不復還。那一天的故事膾炙人口。沒有一個中國人不知道那支慷慨的歌。

司馬遷不是音樂家，但是他特別記載了高漸離送別荊軻時的演奏：「至易水之上，高漸離擊筑，荊軻和而歌，爲變徵之聲，士皆垂淚涕泣。」

如今筑可見，聲難聞，不知「變徵」之聲的韻味，不知當時的風苦水寒了。

三

兩千年後，魯迅寫成了《故事新編》。

這部書中也有一篇特殊的小說和一個主人公：眉間尺。不過遠遠不及司馬遷，魯迅此篇沒有得到很多注意。應當說，半個世紀來，在我們的風流前輩中，司馬遷此篇的知音只有魯迅。

〈故事新編．眉間尺〉是魯迅文學中最後的吶喊與控訴，也是魯迅文學中變形最怪誕、感情最激烈的一篇。鉤沉古史的小說集《故事新編》幾乎與魯迅的逝世同時出版，因此，可以視此書爲魯迅的遺書或絕筆。

但老實說，這是魯迅作品中最古怪、最怨毒、最內向的一部。讀這部書時，人絕不會愉快。讀取典於〈刺客列傳〉的短篇小說〈鑄劍〉（原題〈眉間尺〉）時，讀者也不會有讀司馬遷原文的快感。

〈眉間尺〉還是這部怪集裡比較易讀的。比起他描寫的離異的奔月時代；比起射日的偉業已成過去、嫦娥和後羿兩口子天天吃烏鴉肉炸醬麵的描寫，這一篇寫得比較正常。我想，似乎也離魯迅的本意更近。

魯迅的文字很難敘述。最好還是請你重讀。

在〈眉間尺〉裡，他創造了一個怪誕的刺客形象「眉間尺」；還有一個更怪誕的黑衣人。在魯迅的描寫中，眉間尺和那個突然出現的黑衣戰友斷頭捨身，在滾滾的沸水中追咬著仇敵的頭，直至自己的頭和敵人的頭在烹煮之中都變成了白骨骷顱，無法辨認，同歸於盡——不知這算不算恐怖主義。

尤其是，在《史記》已經那樣不可超越之後，魯迅居然仍不放棄，仍寫出了〈眉間尺〉等篇章。這值得注意。從魯迅的這部書中，也許能看見魯迅思想的漆黑、激烈的深處。

青年魯迅爲什麼要這樣古怪地寫，爲什麼會有這種漆黑不祥的念頭呢？同樣，作家魯迅的最終一冊書，爲什麼偏偏是這本最爲不祥的《故事新編》，爲什麼這本書成了他的絕筆呢？

多如牛毛的魯迅研究專家們，沒有面對這個問題。我們也無法詮釋；我們也只能以自己私人的、不準確的直覺去感受。

人們都知道，所謂魯迅，就是被腐朽的勢力，尤其是被他即便死也「一個都不想饒恕」的智識階級逼得一步步完成自我，並瀕臨無助的絕境的思想家和藝術家。他一定是深深地感到了絕望。或許，因此他才寫出了〈眉間尺〉，以及那想像的黑衣人。

四

長沙西漢墓中出土的三件筑，今天尙與其他發掘品在一起整理。由於〈刺客列傳〉的影響，湖南考古工作者考慮到這些筑可能引起的關注，決定在發掘報告發表之前，由音樂史研究者先發表對筑的介紹。

隔了二十個世紀後，今天，你能看到司馬遷描寫過的、古代的筑了。

它細頸窄箱，並不太長。比起吉他和小提琴，共鳴的音箱太窄太直，一掌寬長，很難想像它能夠發出渾厚的音響。但是，這窄長的音箱若是裝高漸離的鉛條，則又太合適了。

據研究，筑的奏法，是以左手扼住細細的筑頸，五根弦圍細頸，繃緊又彈開。奏者在筑弦張弛之間，用右手持弓擊之。可以想像，如此奏出的筑曲不易輕浮靈巧，它一定濁重鏗鏘，喑啞古拙。

實物已經出土，又有了對它樂理的解釋。現在只盼著，早日聽到它的演奏。

筑靜靜地浸在水裡。若不是兩千年來如此的注釋，今天我能從它身上認出古代那極致的、烈性的美麼。

我凝望著它，如同瞻仰烈士的遺容，心胸裡莫名地堵噎，唇齒間說不成一句。

感觸如割如痛，其原因，或許僅僅在於音樂與刺殺，這難以協調的二者之間。不知為什麼在古代，樂如兵，人如文。不知究竟是高漸離看中了此種如兵的樂器，才成為音樂家——還是筑為了高漸離這樣的勇士，才衍變成這種激烈的形狀。

五

不知自何時起，世間已經不容極致的美。

禮贊犧牲，歌頌烈士，時時會使人不高興。比如，我在一篇寫狗的散文裡，批評了電視播音員在念到「恐怖主義」一詞時，嗓音裡有股英美式的西方腔調；這句批評被要求刪除。這使我感慨。日本天皇訪華時，我看到日本的電視（準確點說，是由一個叫木村的胖子主持的晚間新聞節目）上出現了一個得意的標題：「中國正就反日宣傳自肅」。自肅，好一個來自中國又用於中國的詞；若不是它，還眞難形容今日小有實權的智識階級。

不僅國人，老外也會生氣。比如，我在《讀書》雜誌上撰文介紹了美國黑人領袖馬爾克姆・X。黑人領袖很流行；不過這個是信伊斯蘭的黑人領袖。是否就因爲這個原因呢，文章使得一位友邦人士驚詫。這美國佬居然投書挑剌，嫌我在文章裡看不起一些美國的「大街和高速路」，而且把它們演繹成了中文的「胡同」。

我深深地蔑視他們。我們與他們之間，言不同語，生不同道。重要的是我們有了筑。

在浸漫著的禁忌中，在存活著的悲哀中，在川流著的體味中，我們今天更富有了。今天，我們不僅可以讀魯迅，而且我們已經找到了變成了神話、失傳了兩千年的樂器；我們已經找到了筑。

盼望見到筑的形狀的讀者，可以留心考古雜誌上的消息。當然，更好的辦法是去參觀實物。

冬季已近，如蠅的旅遊者已經不見了。此刻你正好上路。

在蕭殺的風中，可以先去河北易水，然後一路南下，向著楚天湖南。冬季裡心情和工作都會正常，只要沐著遼闊南國的長風，只要看見茫茫北去的湘江，你的身心會爲之一震。你去懇求長沙考古隊，你的誠意會使他們破例。雖然展覽還沒有開幕，但是，你就會看到久逝的筑。

小寨新年

一

已經是歲末的最後一天。我在這個雲南大山中間的小小院落裡擺開桌子，不知怎樣開頭。清晨時彌漫一院的大霧，隨著陽光的射入已經散盡。粗糲的石頭台階上，叢生的綠草被陽光強烈地照成透明的鵝綠。有墨綠的松樹，落了葉的桃樹，還有一株老人乾脆叫它「葉上花」的、大瓣大瓣的鮮紅花朵開在梢尖的樹。

對著白紙，轉動著一支圓珠筆，我毫無寫字的心思。南國溫暖的平靜，使我心滿意足。我後悔沒有帶幾筒顏料，一兩支筆和一點調色油來。在這比春天更暖和的十二月的最後一天，爲什麼要追究那些沉重的念頭呢？

嫩綠的、厚厚的甘蔗田，淹沒了遠處隱約的一條線。那是古代輸送移民和文明的路：南去印度支那，北上四川中原。

如今遠遠望著那一條線，上面似乎有車輛如蟲子一般在蠕動，匆匆地去尋找都市的煩亂。都市裡剛剛過完聖誕夜，明天又要慶賀新年。而我在橫斷山脈東緣的大山之麓，在一個被密密的甘蔗田和雄渾地拔地矗立的大山夾著的這個小小的石頭寨，等著步步臨近的一九九六年。

雲南人以健美、純樸和口齒清楚聞名。以前見過的雲南人，都講一種比南方各省人更準確一些的普通話。可是我的這個印象顯然是錯了幾分——石頭寨的老人們講方言：我總是在次要的地方聽懂了；在關鍵的地方怎麼也聽不懂。

不過，主觀的印象和觀點更重要。我和老人都沒有對語言問題在意，因爲談話之外尚有一種腹語，有一種不用說出的話語。怎麼說呢，有一種伴隨著每句交談的，話裡的話——那就是：他們一心一意希望我在這個小村寨裡多住幾天；而我呢，恰恰也只是盼著在這大山小寨之中，盡可能多地逗留。

幾天以後就進入了靜謐。對我說來，這種獲得信任以後就能享受的安靜，是非常難得的。偌大的院子，只有我和老人兩個。他姓李，有一手驚人的「硬筆書法」。寨子裡，家家都掛著他寫的含義深奧的中堂。我用他的竹筆塗改稿紙上的錯字，他在院子裡用大竹帚掃地。

每隔一個時辰，我就走出石頭小院，登上山坡，遠眺一會兒。那似淹似浮在甘蔗田之間的一條線，果眞就是出關蜀、下越南的舊道嗎？不願想，覺得累。更使我驚奇的，是眼下這一派雄渾又綠透的視野。雲南的風景對我是一個深邃的謎，我總忍不住琢磨它。太陽繞著山移動，垂下的山脊一刻刻變成了深綠的重色。被禁用的農家糖鍋廢棄了，小屋頂上的土壤煙囪坍塌了一半。蔗田正在收割；水牛、馬兒、拖拉機，都拉著滿滿的甘蔗。我漫步走回我的小小院子。李老還在忙碌村人委託的事：我寫了幾筆，聽見他在給小樹叢澆水。多好的兩相無言；他見我過得習慣歡喜，就不再陪我。

飽飽曬夠了太陽，看完了山明山暗。沉吟了半晌，何必寫呢，我懶懶想著，收起了紙筆。若是帶來一點顏料，隨便找塊板，大概就能畫一幅不壞的寫生畫。可是我只帶來一支圓珠筆，和一疊雲南的稿紙——找塊石頭坐下來，黛色的山巒愈來愈暗了。望著風景，我發覺，又是一天悄然度過了。

二

我和李老一塊去龍潭玩。他大步如飛，我連連拉著他。急什麼，我說，慢慢走多舒服。他答應了。但是幾步之後，又照舊疾行起來。我再說他時，他不好意思地笑笑，立即一停，弄得我只好加快步伐。

正是收甘蔗的大忙季節，雖是傍晚，在高原明快的日照下，待割的和收過的甘蔗田顏色亮暗參差，顯得大地上的植被很厚。

我對李老講過幾句北京的事，李老並不回答。一直如此，他不對任何不熟悉的事插嘴。他領我看了山上流出的泉水，那水清澈得像淡綠色的玉。從剛來的那天，就聽說這泉是個名勝。我跟著老人，初次見識了南方大山的驚人的含水量。

看起來都是山，可是這山和西北的山正相反。西北的山只有黃土，恨它深得無底，嘆它乾得冒煙。黃土山，沒有水。一旦來了雨水還要兩相作惡：洪水狠狠地掠奪土壤，山溝凶惡地逼水泛濫。越是熟悉大西北，就越是爲雲南驚奇。這裡的大自然，陰陽協調，水土兩宜。山脈美而不嬌，而且壯闊蒼涼。不僅令人羨慕地有密密的森林遮蓋，還是石山。在這種大山上，劍麻如同水壺，樹木好似缸桶，森林已經帶水無數，地下泉又從岩縫裡潺潺流出，一座山，簡直就是一個水庫。唉，我不得不喜歡這個石頭小寨。

泉水下了山，被住在山腳的農民用石頭圍住，然後叫這水塘爲龍潭。看了三處「龍潭」以後，才知這是一個吉祥的通稱。沿著這架植被厚密又岩石裸露的大山，龍潭一個個地繞山分布。我猜著，這不是地名，這是對水源的一種描述。

不用說，龍潭水先由靠山的村寨享用，但是老人仔細地告訴我，自古的鐵打規矩，是給龍潭下面的壩子，就是給那些隱現在甘蔗田裡的村莊送水。一定要分水給壩子，不然就會打起架，甚至交起戰來。我說，這個規矩我能懂，就像甘肅的河西走廊，山裡流出的一股水，若是不讓給下游一些，那就等於喊下游人來拼命。

只不過，河西的大渠水可不能與這龍潭水相比。我喝了一頓，又淨又甜。出口處，清水漫著湧進渠裡，去灌溉壩子，去澆灌甘蔗。就像北京西郊的玉泉，澆出的稻子香甜綠潤；我猜，繞著這道大山的壩子上的甘蔗，也一定特別好吃。

好福氣的甘蔗，我隨口說。我總是覺得甘蔗不可思議，總是聯想起那些旱渴的冬麥。看了一會水底的清晰石紋，抬起頭來，見老人正微笑著。他在清亮的水邊正襟危坐，表情放鬆而滿足。

我明白了：他覺得最好的辦法，就是讓我看看這潭。造化的龍潭就是幸福的象徵，誰也不能對著龍潭嘮叨命苦。我哈哈大笑起來。這個道理真是太簡明了。眞是，哪裡有這樣的、造物的慈憫呢？比如甘肅，比如海固。

走吧，天晚了，老人說。

三

在回我住的房子的路上，總是可以看見三頭兩頭粗壯的水牛，在路邊嚼著甘蔗葉子。水牛一身青青的滑厚皮色，永遠使我讚嘆。我畢竟是北方佬，又在蒙古看慣了黃牛，所以見了水牛就新鮮得不行。我忍不住想和水牛合個影，將來讓蒙古草原的家人看看。就像插隊那時，特別想照一張斑馬，渴望把斑馬照片帶回草原一樣。

牛大吃其甘蔗葉，我和牛的主人扯了一會兒。幾句話沒說完，我又吃了一驚：原來這牛並不是土生家養，更不是剛從水田裡勞累歸來：這牛，是從越南販來的。

你可眞行，去越南販牛！我說，爲什麼你不去緬甸泰國呀？

沒想到，他憨憨地答道：大理人走那邊。

我笑起來：嘿，你們還分片包幹哪。難道越南你就熟嗎？

他靦腆地說：反正我們只要牛。運回來的路，熟。

後來李老告訴我，販牛不是人人做得的事。在雲南，也只是久遠以前，一些被逼上了絕路的人，漸漸地在生死邊界上摸出了這個路數，後來才成了一方的傳統。這些人不可貌相，他們可是敢做敢當。他們眼力尖銳，肯吃大苦。沿著大西山，出了山沿著元江、紅河，在滇東的南北大道上，一連串多少個寨子，致了富的人，多是些販牛的。一頭大水牛，買賣幾次以後，可以賺上三千元。石頭寨裡，每天都有牛趕回來。我看見的那些在路邊吃甘蔗葉的漂亮水牛，大都來自越南。

這種故事聽得人心裡痛快。特別是，我正好住在這種心大意高的人家裡；這些敢闖天下的人，恰恰是敬我待我的一群，這就尤其使我高興。

回家路上，又看見了三頭水牛。我從來沒有見過身軀如此巨大的水牛。他們搖著平平的大犄角，歡喜地大嚼著甘蔗葉。我非常高興，跳進甘蔗葉，抓住犄角，和它們合影一張。

四

小院傍山，日射多被山影遮住。光線好的時候，我總是擺開一疊稿紙。但是我不明白爲什麼要放開大好風景，而偏偏寫它。李老是個讀書人，他看出我這個人並用不著陪，也就常常鋪開他的紙筆。

這種民間知識分子與衆不同。他們雖寫，但用竹筆。

不用說，南國的竹子，無論質地的疏密、乾濕的適度，還有竹子的曲直、篾片的弧度，以至花紋青綠，都可以隨心選擇。李老製作的竹筆，首先有上乘的原料。

他的竹筆有各種大小。寫中堂的竹板，寫半分寬、一分寬、一分半寬、兩分寬的不同粗細的平頭筆，還有用於極細筆道的竹針。竹筆就像以前常見的蘸水鋼筆，筆尖中央必須劈開一條裂縫，不然不會走墨。李老的竹筆上，那一條縫根本看不見，劈得精細之極。

在農民家裡看到他寫的條幅中堂，甚至是字拼的圖案畫，我總是對他用墨的濃淡有致，一次次地暗暗驚奇。可是一塊擺開攤，我不寫他寫，我看他寫字漸漸看得出神，琢磨著他竹筆的飛白，以及用墨枯濕的講究。

不僅寫，他還會自己裝訂。用道林紙裁開的單頁，被他裝得刀削般齊整，翻開來刷刷作響，每一頁的墨跡都勻稱黑亮，加上裱過的、幾乎是鈷藍色的藍布封面；那種藍色又深沉又明亮，藍得醉人。藍布面上，貼了一個鮮紅色的書名簽，那紅色亮得像壓暗的火——他自製的書，眞是素雅美麗。

外屋的條案上，堆著他的舊藏。我經常一本本地取來瀏覽，漸漸看得眼饞。

女人做好了飯。我特別喜歡吃炸的洋芋片。還有蘿蔔，這是不易吃到的雲南特產，又甜又軟。他們告訴我，它不知爲什麼出了名，近來大多出口日本。我就給他們講，日本叫蘿蔔爲大根，笑女人腿粗就說她「練馬大根」，因爲練馬地方的蘿蔔最粗大。而雲南蘿蔔呢，比練馬蘿蔔粗一倍。我一邊講著，一邊吃得很歡。他們卻聽得半信半疑，問：可是，你爲什麼不吃乾巴呢？我說，肯定硬得鐵一樣。女人男人都笑了：不，你吃一點看看。

於是，我吃了雲南的乾巴。這就是掛在省城順城街集市上的，那種曬乾的黃牛肉或者水牛肉。在昆明逛街時，滿街黑褐乾硬的牛腿密密掛著，一市斤就要賣三十塊。我看著搖著頭，嘖嘖嘆服。我根本沒有想過我會吃它。切成薄片，滾油一炸，奇怪，酥酥的，不硬了，只是嚼著有勁。

綠豔豆角，黃土豆片，噴香的乾巴，甜甜的蘿蔔，微微粗糙的白米飯。我，陶醉了。這是幸福，我提醒自己。

五

天黑了。李老怕我睡得冷，忙著給我的床墊上電褥子。我看看日曆，薄薄的，是一九九五年的最後一頁。現在是元旦的前夜。

我們老少爺倆終於熟悉了。其實幾天來聞聊不多。他性格和善，不擅言談。我只想休息，也不攀他閒扯。在這小小石頭寨，幾天的休養下來，嗓子的腫疼，心裡的毒火，都一時平息了。我微微品味著一絲感激。我明白，這雲南村寨裡的短暫休息，於我是寶貴至極的時光。

也許這是非常值得紀念的一個元旦前夜。我突然說：李老，咱們寫個慶賀新年的字吧。今天夜裡，要是在城裡面，孩子們都要聽新年鐘聲呢！

他的興致也來了：好啊，你來寫吧。

我跑到外間，取來他的大號竹筆，墨盒。又平翻開一本舊雜誌。可是我還是不習慣用竹筆，「1996」幾個數字，寫得歪歪斜斜。

就這樣，在雲南大山中間的一個石頭小寨裡，我們度過了西曆的除夕夜。

靠著那一頁「1996」，高興的李老又找來兩三種鄉裡土製的餅乾點心，還有一籃橘子。然後把電爐燒得熱熱的。我們濃濃地泡上茶，一個個剝開橙黃的橘子，甜甜地吃著。我們開心地閒談了許多故事。他總是用三兩句話，就活靈活現地講完寨子裡的一個人物；用一個小故事，就數過了往昔的一個年代。

我小口小口地，喝著滾燙的雲南粗茶，聽著老人的娓娓而談。不覺之間，我好像陷入了痴想。突然聽見李老在問：

你想要一本我那書嗎？

我聽了猛地驚醒，飛快地想到——在我的藏書裡就要出現一本奇書，一本竹筆墨書、藍布裝裱的自製奇書，禁不住大喜若狂。我連連回答：是，是，我要那種藍布面的！書名也要那種紅紙的！您願意給我嗎？我一直想要一本，我一直沒好意思跟您要！……

老人慈祥地笑道：我給你專門寫一本。接著他屈指算了起來，最後補充道：可是要過兩個月我才得空寫；過了節，我就有時間了，那時寫，不晚吧？

聽得見窗外山風的響聲，但是屋子裡很暖。不知是因爲大山擋著風口，還是因爲屋裡燒著電爐。如此的靜寂，還有如此的親切，使我總是喧囂的心，終於平靜了。

我忽然想像起離開石頭寨以後的日子，想像起遙遠的戰場般的都市，還想起一字沒寫的稿紙。但是我覺得這樣不好，竭力擺脫了這個念頭，只是一陣珍惜湧上心來。我覺察到，其實自己是在一刻刻地數著，度過這個夜晚。

這一夜，距離這個世紀結束，還有整整，不，僅僅四年。

大理孔雀

一

不知是在多久以前了，我第一次讀了郭沫若的《孔雀膽》。但是，像那時對世界的理解一樣，讀後留得的印象只是一個感人的佳話，而沒有哪怕稍稍琢磨過這個寫著孔雀的題目。孔雀，從樹林到舞台，好像都只是一種漂亮的飾物。

以後，是在讀研究生學蒙古史時，我對著郭著《孔雀膽》引用的一首詩，咬文嚼字了一陣。那首詩是在元朝破滅之際，由一個嫁了大理段氏諸侯的蒙古女子寫下的。是一首因爲用語難解，所以非常著名的怨情詩。

那時有一股不知天高地厚的淺薄。只是因著學了一個專業，當然也由於身上打著蒙古草原牧民的烙印，那時的我懷著對蒙語的酷愛和自負。讀它時，心理上多少還帶著一線破讀的野望。因爲，這首詩裡的那些難解詞，學術界多說可能是蒙古語。

詩以「吾家住在雁門深，一片閒雲到滇海」開頭，詩味其實平平。但是偏偏有幾個怪詞，使得它久久惹人，不能像很多詩那樣，淘汰般被擱置了起來。

比如「欲隨明月到蒼山，誤我一生踏裡彩」——什麼叫「踏裡彩」呢？注家解釋「踏裡彩」爲蒙語「錦被」。我咬來嚼去，覺得蒙語中只有一個「踏裡克」有點音近；不過，那個詞的意思是「布面袍子」。

再比如，「吐嚕吐嚕段阿奴，施宗施秀同奴歹」一句，一般被認爲是詩中最俚僻、最古怪的。注家們解釋，「吐嚕吐嚕」是蒙古語「可惜」。可是，當年蒙古的大嫂老婦們，在憐惜我們臉上凍疤肩頭襤褸時，發出的感嘆音是「呼嚕黑，呼嚕黑」。即使「黑」音脫落，「呼」在中古蒙古語中爲ku，也應該是「哭嚕哭嚕段阿奴」。不用說，對古代語，凡企圖解明，就難免流於牽強；更不用說，由我立志破譯，更是毫無可能。

那時我人愚心鈍，忽視了段氏與蒙古女人阿蓋的故事中，其實眞正的主角，是挑動了郭老的靈感、也給人們以刺激的——孔雀膽。

二

凡人不可能不被孔雀之美迷醉。

大概這是共通的感受：誰都記得當孔雀開屏時，心裡漾起的那種驚訝。人會感嘆得難過。造化的主啊，同在一個世界，它怎麼會這麼美呢？無論鶴叟孩童，凡是人，在凝視孔雀開屏的時候，都會不覺陷入一瞬的沉默。那是一種美的絕對打擊，被擊中的男女老幼會瞬間地失語，手足僵硬，感覺遲滯。無疑，目擊孔雀開屏的體驗和記憶，乃是人的寶貴經歷。

來到雲南，心裡只想著孔雀。但是，儘管我也和衆人一樣被孔雀的美麗迷攝，但是我尋找她，卻是爲著她另一種致命的部分：她的膽。

在段氏與阿蓋公主的故事中，十四世紀的蒙古女子阿蓋，拒絕了使用孔雀膽謀殺異族的丈夫。所以，那齣名劇雖然借孔雀膽爲題，但是悲劇中並沒有孔雀膽的發效。殺死段氏的是醜陋的刀斧，絲毫與孔雀的形象無關。

在郭沫若的名劇《孔雀膽》裡，孔雀膽與其說是一件使觀衆驚愕的道具，不如說是宣傳了雲南的奇特的物藏與人情。不知別人，我自己久久地爲之困惑難過，禁不住地想像過物質的它；我無法從別的思路去理解，我猜郭老也許是不忍割愛。即便劇中沒有眞地用上，但畢竟有過孔雀的登場。

也許，就在初次知道後，郭老的這個情結就已難捨難棄；也許，他的感情也曾不堪折磨：孔雀膽是毒藥，但是她的形象太美了。這裡纏擾著一個令人難以解脫、逼人求證終極的、使人久久痛苦的矛盾。

但是雲南風土養育的，不僅是一個例證。十九世紀末的雲南農民起義英雄杜文秀，在大理城陷之前，服孔雀膽自殺。

戰爭中，幫助清朝政府鎮壓農民軍的法國軍火商E．羅舍，在其《中國雲南省志》裡，記載了他當時就獲得的杜文秀故事：

「一八七三年一月十五日，杜文秀，這種精神痛苦的劇烈情況使他失去所有的精力，……他安然等待讓他脫離最後苦惱的時刻的來臨。他的妻和他的子女不願活在他死後，乃在他面前服毒自殺。……他最後一次舉目瞭望點蒼山，他平時喜歡閒遊其中的有名山嶺。走出居室之前，他吞食了一撮大煙及一顆孔雀膽。到大理南門的路途，被渴望向他匍匐敬禮的老百姓們充塡。……他的知覺漸漸因爲服食的毒藥而開始麻木，當他到達城門，他用盡力氣下轎，對民眾表示感謝。……杜文秀神志不清，艱於回答。……晚上六點，這位有名的囚人已經不省人事了……」

當我潛心杜文秀的史料時，我已經敬遠了蒙古學。無意再爲細末勞神，漸漸地喜歡幻想往事。讀著杜文秀的孔雀膽，不禁猜測著郭老的選擇。在雲南的兩例史料中，他選擇了段氏故事。也許，他要成全劇情的愛情線索。

讀著想著，從孔雀膽的記事裡面，我察覺到，雲南其地，好像有著某種外省不及的特殊之處。

好像，美在那裡易於存活，所以孔雀只在那裡成群。那裡的人，不奢張揚，但是他們常常演出教育中原的活劇。不僅是有名的杜文秀和蔡鍔，無名的英烈更多。孔雀膽使我們懂得，人的死，要與美結合。孔雀膽是雲南特別的毒藥，孔雀膽演繹的故事，是雲南特有的悲劇形式。

孔雀膽，一想起這三個字，我就久久地不能平靜。久而久之，我一直爲此震懾，甚至，我因此一直悄悄崇拜雲南的風土。

孔雀只生在雲南最爲濕熱的兩隅：德宏與西雙版納。世間正是烈日炎炎不宜車旅，我暗暗想，等時機到了的時候，我再去細細拜訪它們。所以，在城市裡，見到有人在賣孔雀的羽毛，但是問不清孔雀的產地時，我並不著急。

不可思議的是，兩例孔雀膽故事，都與大理有關。但即便在大理我也沒有奢想，我沒有敢幻想小住幾日，就能找到淵源。

毫無疑問，孔雀飼養的古風，不是輕易就可以造訪的。由孔雀膽象徵的、美與死的話題，更不是可以輕易談論的。

三

我們坐在大理城門前面，看著城壁上的煙痕火印，心中感慨。凝望眼中的雲南，一陣陣不知是夢是眞。

居然就在視野之間，左右已經顯現著黛色的雪峰、靜謐的海水，還有圓圓石子鋪砌的鄉間車路，兩側聳立的銀葉桉樹。幾天裡我不敢相信；看慣了大西北滿目瘡痍的黃土高原以後，人不能理解如此姣好的風景。

而現實是眞實而溫柔的：眼中正清楚地綿蜒著——昔日如雷貫耳、此刻歷歷在目的蒼山洱海的秀色。

煙色的古城東南角，連著一片平坦的蒼綠田野。踏上石子路，步行三五里，在一個稱作下兌的村子裡，有一株遮天的巨樹，樹下有寺。村落圍繞，農家多是小樓。離那巨樹不遠，有杜文秀墓。

離家時，母親逝去後的四十日剛滿。我一直在尋找給我平衡、給她安慰的儀禮。因此，此行有這一層的舉意。昨天，冬季踏青，村中借水，我已經去墓上念過悼詞。

一羽美得驚人、美得神秘的孔雀，在我心裡似開似閉地波動著她的屏，遮擋著也引誘著我的心思。

孔雀是徹底的神秘的產物。它的一切其實早就不可理解：它的碧綠又生著美目的羽毛，它的藍黑閃爍的脖頸，它的隱藏和怒放的七彩之屏，它的儀態，它的完璧般的美麗——其實早就是不可理喻、不可想像的。

那麼，爲什麼又有大理的孔雀膽呢？

大理的孔雀膽，在美麗的邊緣重重地加上了一道黑色。它使我永遠無法擺脫這種戰慄。傳說和記載中只是說：服下了孔雀膽的義軍首領，慢慢地垂下了頭。天色終於黯淡了，大理的北門，被暮靄映出了破舊。

當他出了這道城門，走向挾在山和海之間的南方原野時，當孔雀的一部分肉體，在他的肉體之中甦醒時，他是覺得疼痛呢，還是感到迷醉？他是咀嚼了痛苦呢，還是享受了美麗？

若是在孩提時代，人接受了這樣的傳統，或者說受了這種刺激，那麼，人會沿著一條唯美的路成長。伴孔雀而生，藉孔雀而死，若是深沉的民族，會代代珍惜如此的風俗。

離開的前一天的傍晚，我們廝守著城門，捨不得離開。

多年以來，已經不慣於這麼留戀。徘徊在城樓下，想等著這一天結束。遊客早已散盡，城樓左近，人影稀疏了。一個下兌村的農民，從角落站起，高聲問候著，好像已是熟人。依著城欄，我們一直目送著。一直等到黯淡如水的暮色，呑沒了被濃煙烈火烤得斑駁的，大理的石城。

江南一葉

當年的西楚霸王項羽想必也是一片江南的葉子，也未必眞的氣勢蓋人，力能拔山。他很可能也不過是一個普通的南國兒子，只是因爲撞擊了大的時代，才演成了那樣悲壯的歷史劇。

時代在交替，一切都在黃金時代的鞭撻下崩潰了。你能在白晝和黑夜都看到那些紙片般的金子怎樣把人打倒打垮，再打得變出原形。原來眞的如此；人們連驚嘆都沒有發出一聲，就匆匆地一夜變了。縹緲的黃土崩垮下來，緩緩地像奏著哀歌一般進濺，續而落下瓦解後的樓架，然後它們無聲地坍塌下來。河流被堤壩擋住；我憶起我寫過的話，「河閉上了，消失了筏客子的奇蹟和傳說」。但我不想屈服，因爲我愛奇蹟和傳說。那一年——用中文寫上「那一年」仍然是曖昧的，不如雨果式的標題「九三年」之類。那一年我就是實現了一連串的奇蹟：我發現《錯開的花》寫在那一年三月，《心靈史》開始於那一年秋天，那一年我還斷了自己的後路——還不把其他幾件大事計算在內。我堅信這在中國是奇蹟，我不因人們沒有認識它的本質而自己也不敢承認。

奇蹟的一年我忘了你，那時候我靠近了神而遠離了你。江南的條條河水那樣飽滿地淌著，只需想到它們心裡便充滿盈盈的感受。那江南，那楚霸王時代的江南，是你的故鄉。

其實我也領受過那一方江南風土。

那時在浩淼地湧進長江的一條河岸上，錯落著數不清的湖。盤龍城就埋藏在那條叫長河的水流之間的網上。那麼多水，湖與河，然後是莽莽長江。記憶中水並沒有使人的脾性變軟，那時發生的種種細節，都使人默默想到：天上九頭鳥，地上湖北佬。剛強的骨氣凝縮在南方人瘦短的身軀裡，使我後來久久地捉摸過。

你在那幾年裡爲南方宣布了他們的正義和熱情。一直謝客的我家，在你第一次來訪時貼了一張紙條，寫著：歡迎你，人民的喊聲。你在兩本書扉頁上題詞，一本給朋友的寫道：幾行斷腸詩，一場報國夢。一本給我的寫道：讓我們一起——萬歲。外露和膚淺，經你表達後可以原諒了。你始終沒有糾正自己的淺露，你缺乏從你的南方汲取超越這淺露的因素的能力——這是你消失的一個原因。

今天不知你在哪裡。在我寫作長詩《錯開的花》時，我斟酌了你的含義，決定把對你的印象記入那詩篇，來表示我對你的感情。江南一葉，唯有你還值得人尊重和懷念，唯有你還能夠算得上詩人。儘管你在最正義的呼喊聲中也去不掉淺薄，儘管你寫到消失也沒有達到詩的境界。

今天找到你也沒有了約會的必要。今天即使你活著我也並不願見到你。我不願——在日落時分的決戰中，再發現你的缺點，這種文學的決戰要求一種近乎絕對的本領。

我喜歡主觀地記住與我邂逅的人。我強調印象。江南一葉是個美而剛烈的印象；這個印象屬於楚地的你，我不願意看見另一種形式。

當年的西楚霸王項羽想必也是一片江南的葉子，也未必眞地氣勢蓋人，力能拔山。他很可能也不過是一個普通的南國兒子，只是因爲撞擊了大的時代，才演成了那樣悲壯的歷史劇。我見過出土的那個時代的劍，並不是重得常人舉其不起。那時的盔甲車仗都簡陋——窮人的古代也是貧窮的，只不過大時代在一群群襤褸之中誕生了。

在盤龍城，襤褸的農民們赤著腳，滿不在乎地淌水走過血吸蟲孳生的河汊。沉重的紅膠泥裝滿兩只籮筐，壓著姑娘們苗條的身子。

那時的我確實注視過她們和他們。但那時的我沒有想到從這視野中的襤褸人群中，會有你，會有江南一葉的形象出生。

中國眞偉大啊。當北方的戰士心神寧靜時，可以參考遙遠的江南。無論是楚霸王別姬棄馬、自刎烏江，鏤鑿一般留下歷史的形式；或者如你——幾行小詩一場衝動之後便無影無蹤的形式；南方都嚴峻地教育著我們北方，平衡著我們北方的觀點。

你消失了，江南的葉子。

我猜你飄零的魂已經回到了長河，回到了漢水，回到了你陰柔無底的故國的母胎之中。缺少了你，我如缺少了一柄想像中的無形劍，這種無戰友的感覺是非常奇特的。

正因此一切，拳便不是劍，如同筆不是炮一樣。江南一葉的故事如深奧又親近的寓言，教我漸漸懂了我該怎樣，還有我能怎樣。

最低的形式是你的形式，粗糙地吶喊後消失，若喘息之後能夠再吶喊，就再來它更粗糙的幾聲。

即便這種形式也足夠我攀援了。在文學中、在藝術中、在知識中，我們北方尚沒有「江南一葉」式的生動代表。何妨說透了呢——我渴望成爲它。

在人聲鼎沸、音響轟鳴之中，做一絲正義而可信的聲音，做沙漠中一聲羊的咩叫，做一片單獨飄蕩的葉子——正在開始。在此刻應該把懷念、告別和總結寄給你，江南一葉。

南國探訪

二十一世紀將是一個古怪的時代。

豪富和赤貧，饜足和飢饉，腦滿腸肥和瘦骨嶙峋，摩天樓和貧民窟——總之，一切對立和差別、正義和背義，都將在這個隆隆來臨的時代並立共存。

時代催人抉擇。所以開始心向南轉，盼望去看大江大海，看近代的英烈故里。不僅如此，總覺得山雨欲來，已經十分緊急，我該去看看南國，近代的人材及革命的故鄉。

事由心成，情至時來。晚春得知，我今年一次便能瞻仰南方的兩塊土地，湖南和海南，心裡高興極了。

一

有眼不識大海；從港汊水道中辨認出海，我用了好一陣時間。直到海夾著一條筆直又狹長的陸地，後來我想那就是岬——波光粼粼地凸起著開闊起來以後，我才明白，此刻已在南海，我已經置身於大名鼎鼎的雷州海峽之上。已經是身置有生以來最南的地點，而且還在繼續向南。我拼命地把臉擠緊舷窗，竭盡全力地盯著在視野裡凸起的，滿盈著閃爍光點的海面。突然，迎面突兀地浮起一道陸地的邊棱，氣勢雄大，一字排開。心像是一亮，就這樣我看見了海南。

一座大陸般的巨島——我不知所措了，它沉默著，逼近而來。

在飛機上讀完了一篇關於海南島的文章，說海南島是女性文化云云，心中不以爲然。可是我的關於海南島的知識，又和一個幼兒園小班兒童無異。貪婪地看完了飛機上的旅遊電視片，我也知道了五公祠萬泉河等諸多勝地，以及黃道婆的功績。然而我不是來溫習這些，我盼望的，是在神秘的楚粵故地，試試求得一些激勵和補充。北方旱渴不毛，很久以前我就留心到，烈士美文，多出南國。

海南的邊棱疾疾地迎來了，我突然想到：這是我第一次走向一個中國的島，而且是如此一座大陸般的巨島。

遲至今日我才看到南海。長久以來，海洋是奴役、掠奪和鴉片的幫凶。有一個詞，「海洋時代」，其實就是殖民主義的粉飾語。於是常常忘記，中國人也領有如此大海。

瓊州海峽平滑碧綠。南海中的巨島正伸開襟岸。我禁不住心裡的一絲感動。以前經過津輕海峽眺望過日本的北海道島，從溫哥華眺望過應該說是英國殖民者的維多利亞島。但那時只有地理的感覺。有生以來，這是我第一次凝視著一個與我有關的島嶼，中國的島嶼。憶起我瞬間般的海軍履歷，不禁一陣感慨。那時連做夢都想著大西北，最終也沒有能到達南海。如今世事兩異，旅途艱難，我卻上學補課般地來了。

眞是功課；其實我沒有奢望發現什麼，如此的日程和形式，當然不可能有什麼發現。只是中國人都應該知道大海，也應該知道南中國的底蘊。我只是完成修身的功課，只想親身到達一些地點。如同回民的朝覲；一切其實是已知的，只是一定要懷著虔敬，讓身體經過沐浴，讓雙腳黏上泥土，讓心靈完成體驗。

二

轉眼間，那條岸線的邊棱已在背後。巨島在緩緩遠去，觀光客般的日程結束了。當然，如此離開海南的我，緘口不敢浪言。

使勁地從舷窗向後扭著脖子望去，那條沉默的島岸使人惆悵。海還是如那天一樣碧綠，一望無際的、和平的漣漪。

不過，我還是多少捉住了幾根蛛絲馬跡。

路過通什，瀏覽海南民族博物館的時候，非常偶然地看到了一塊古代伊斯蘭教徒的石刻墓碑。說明牌上注明著：唐代。

我大吃一驚。在三亞羊欄村草草問時，回民的歷史記憶是清初。趕快找到館內的考古人員打聽，結果就了解了古代在崖州榆林港和陵水一線發生的事情。

在遠離海岸的山城通什，夜裡心想著無數的港名。陵水望樓港、陵水桐棲港、陵水碧潭港、陵水番坊港；還有崖州榆林港，它「西南與安南的陀林灣對望，爲去印度洋所必由之路」。

就是說，當時幾乎在整個島的南緣登陸。尤其是榆林和陵水，眞遺憾與它失之交臂。它們才是古代海南的入口，它們才使一切合理。果然如此，人們談論著海口和三亞的五星酒店，卻沒有留神榆林和陵水的歷史意義。中國人，即使昔日從海上被打入半殖民地的地獄，即使追求金錢到了海邊，也不會關心航海。

唐宋是古代東西方勾通的全盛時代。所謂東，即中國依靠的，是廣州和泉州兩大港以及絲綢之路；所謂西，即阿拉伯和波斯，依靠的是隨伊斯蘭教興起而文明的船隊和駝隊。古代的東西方以此爲軸而運動。因此恰恰在廣州和泉州，分別有一座全國僅此兩座的、建築於唐宋的清眞寺。

但是在泉州，與泉州清眞寺互成呼應的，有巨大的泉州古代伊斯蘭墓地遺址，和舉世聞名的泉州伊斯蘭宗教石刻。而在廣州，大名鼎鼎的光塔寺卻沒有陪伴。流逝的歷史，密集的人口，放棄的信仰，使得應該在廣州發現的墓地和石刻群湮沒了。

然而海南島南岸有力地補充了它，整個南岸布滿了伊斯蘭石刻和墓群。海南南岸使廣州的意義更清晰。也使海南島的本來面目突然顯露。在陵水和榆林的古港附近，梅山、福灣、干教坡、番嶺坡，處處靜臥著古代從阿拉伯和波斯航海而來的穆斯林的墓群。

百姓燒石灰，發現了墓地上的石碑。都是抗腐蝕的珊瑚岩，上面刻著即使在阿拉伯也失傳了的古體書法。不知燒了多少年，但是今天番嶺坡和梅山上，殘存的石刻仍數百上千。

這是一件注解古代東西交通和海南島開發的大事。

保護這一群石刻，首先要了解使泉州自豪的那一群石刻。我不知爲什麼激動，只因爲通什博物館的朋友缺少泉州資料，我就說由我負責，從北京爲他們寄來《泉州宗教石刻》。（中國歷史博物館的館長已經答應，爲通什民族博物館寄去此書複印件）

但是，沒有對今人的尊重，是不可能有對歷史的尊重的。在被鈔票撐得很狂的海客政客的口氣之中，已經能嗅到對羊欄和番嶺坡的後裔，以及對黎民百姓那種蔑視的臭味。海南人，被物欲大潮裹挾著不問明日的海南人，他們願意成爲遙遠的唐宋先民的繼承嗎？

踏上海南島的土地時聽說，海南的面積是台灣的五分之四。我覺得興奮。這麼大！那麼它就可能平衡台灣島。十三個世紀以前，我的那些祖先在陵水港或者榆林港上陸時，面對這大陸一般的巨島，他們也有過這樣的喜悅和興奮麼。

所以沿著海岸，他們的蹤跡布滿了整個海南島的南緣。不用說那時海南島的荒涼。在前途的決心未定，廣州港還太遙遠的時候，他們沿著東西海岸，順著北上的河谷，進入了蠻荒的巨島縱深。於是就有了處處生計，點點血脈。

孤單者放棄了，溶入了本地人。成群者堅持著，今天被叫作回族。我隱藏著一種震驚。我沒有去過泉州，與唐元古代的蕃人來華之源有關的地點，對於我，這裡是第一處。我不願矯情，我們還沒有關係的形式。若有緣分我會再去陵水一線，那時我會了解得水落石出。世上正是烈日炎炎的季節，此行我不做深問。

他們可能有過的痛苦，他們可能受過的侮辱，只有從他們今日仍舉步維艱的境遇中，只有從他們孤傲不群的血性中，才能辨出一些痕跡。

三

一個痕跡是海瑞，沒想到他的故里就在海南。以前，讀爭論他的族屬的論文，特別是讀回族學人強調他應劃爲回族的文字時，我總不以爲然。我不喜歡拉扯偉人入自家門坎的風氣。

但是，漫不經心地，在陳列得極富政治味的海瑞墓瀏覽時，偶爾從玻璃櫃裡讀到了他祖父的姓名——史志記載著：「海答兒」，一個再簡單不過的阿拉伯語名字。

這是一個有趣的例證，也是一個悲哀的例證。那麼沒有疑問，他的血統源於回民和伊斯蘭教。但是同樣沒有疑問，他的選擇歸於政治和中國倫理。在他的埋葬細處沒有穆斯林喪俗，他的述志遺墨中，不見異族的影子。

但他抗拒不了血液裡的剛烈。他的極其罕見的激烈血性，不是孔孟之道的文化可能孵化出來的。或許連他自己也不知道，雖然他的氣質在中國的政治中幾乎絕無僅有，但是他失卻的中國底層的母族，卻經常以這種氣質爲特徵。

他的行爲使中國震動，但是人們並不仿效他。其實他一生都與中國政客的形式爲敵，但是他的墓上卻恰恰塗滿了他們的騷墨。我簡直不知所措，在他的墓前，我不知我是否該爲他接個都瓦爾（祈願）。

如果他堅持了信仰，那麼今天海南島上不會有這座墓，而會有一座拱北（聖徒墓）。不會如此門庭若市熙熙攘攘，但瞻仰的上墳人會爲他換水沐浴。可是回族的宿命就是向中華大地輸出最優秀的兒子；我無法解答——他的靈魂，究竟是應該感到欣慰呢，還是應該感到憤怒？對於逝者，究竟是給他清潔的儀禮更好呢，還是給他壯大的伸張更好？

不知道，誰也無法衡量宗教和國家兩種選擇，也不能評價宗教和國家兩種形式的悼念。一切都是對等的：他得到了公園，但失去了拱北。他獲得了天下的承認，但失去了母族的悼念。一切都源於選擇，一切都是宿命。就讓他在自己的選擇裡獲得安寧吧，做中華的兒子，爲中國輸入烈性的血，永遠是値得的一件事。

四

不過一日之隔，海南島又遠不可及，眼前是緩緩流淌的汨羅江。

南方的江和水使人留戀驚訝。這麼大的河流，這麼寬的對岸，這麼豐沛的水量，在灼人眼目的黃土高原難以想像。

我至今不敢相信，我到達了屈子的汨羅。

蜿蜒在輝煌的楚國舊地的汨羅，流向湘資沅澧和八百里洞庭的汨羅，被起伏的綠色丘陵挾裹的汨羅，挾帶著嗆人的蒿草苦味，籠罩著南國五月潮濕的苦熱，接待了我這北方的兒子。

今天我如一個小學生，我滿懷崇敬之情地到了聖地。我心懷忐忑，生怕沒有受業的能力，尤其怕不懂方言。

在海南，我感到，我無法把海瑞墓當成我概念中的墓。而在汨羅，我卻像是在——用大西北的術語來說，我像是在「探訪拱北」。

到了湘江，到了汨羅，目的就消失了。在汨羅楚塘的大堤上步行，在湘江資水的合流處乘船，我心中空白一片。

二十年前在湖北的江陵，也就是他的郢都，我看見過楚國的華美文物。精緻得不可思議的器物，比如說黑紅的漆器和鑲嵌的短劍，使人對楚地的文化可能一陣陣想入非非。

其實屈原不僅年輕，而且是楚之貴族，他藉楚俗而放歌，把一系列招魂典禮、國事民風都書刻入簡。即使生逢戰國，在流放中也有車騎女須，巫祝隨童。他的自疏遠流，也許並不是那麼苦。也許他只有內心的極度苦楚。

諸說之中，我取屈原未到湘西漵浦說。他應該一直沒有去楚國都城太遠。他不過流放於中央之外，常哀哀回顧，望郢都日遠。他大體順長江沿岸，沿洞庭湖濱，步步躊躇，且駐且行。

但是流放令追來，他此次必須「涉江」了，遠流西楚溆浦。可以肯定的是，在抵達汨羅前後，我想屈原已經走到了窮途末路。郢都已不可歸，王寵已不可求。漁父女須，再無相知，江流草野之外，他只有詩歌。逆旅成就，神明襄助，中國文章的極品出現了。

五

站在汨羅江的長堤上，口如噤，人躊躇，只是茫然地望著滔滔的汨羅江。千里迢迢，神牽魂繫地來了，但腳踩上了這塊土地以後，我不知所措。

那時年輕，太偏信物證，而今卻只有體味文章。

漢語在此刻向我傳達著奇異的感覺。不管怎樣，南方的一切方言都用中文表述，無論古今。這是一個給我勇氣的事實。藉著屈子的華章，我總是尋找和南方在深處交流的可能。

然而太難了，屈子楚辭是怎樣一種文字呢？

它是使人銷魂的、神秘的美文華章，但也是難以盡解的、方言古語並用的失傳文字。在汨羅邊的楚塘，我努力字字體會，望著流逝不已的江水，我總覺得該有一種使楚辭新生的轉寫法。

楚辭太古僻，這使得它漸漸淪爲了遺老的考據和智力的競技。一代代咬文嚼字之中，被忽視的正是屈原殉道的美麗精神。楚辭太美而和寡，它和楚地苗漢、和中國底層的民衆之間，愈離愈遠了。

避開口語的俗醜，復活文語的典雅；替換費解的異字，保留洗練的韻律——然而一切，都應該是爲著呼喚他的英魂，都是爲了不至於在秦亡楚、漢亡秦、新亡舊的無情滄桑之中，淘汰了他求索得顏色憔悴、形容枯槁，於舉世渾濁之中抱石懷沙，投身汨羅殉了生命——才爲我們換來的精神。

根據楚王的嚴令，屈原必須向南向西。他當時應該在這裡「運舟而下浮，上洞庭而下沅江」。

但是，涉過長江，走向洞庭，到了這裡，到了汨羅的一股清流之畔時，他已經心力枯竭，再無自信。想像著繼續流放湘西的現實，那將只能「哀吾生之無樂兮，幽獨處乎山中」。他不願走下去了，他感傷地嘆道：「吾不能變心而從俗兮，固將愁苦而終窮。」

於是他舉意：「知死不可讓兮，願勿愛兮」——今天這個「兮」字也許是閱讀的障礙。「愛」字之後是否有什麼呢，願勿愛命呢還是願勿愛生？都不能也不該強究了。

他繼續寫道：「明以告君子，吾將以爲類。」絕命辭〈懷沙〉著成了。後日司馬遷知音，特意在《史記》裡抄錄了〈懷沙〉。據這篇述懷，屈原是在「陶陶孟夏」到達了汨羅一帶，接著，在著名的五月初五懷沙沉江。

無論是接受遺墨簡帛，或是告別一行徒黨，沉江應該是一個儀式，應該有過巫祝的頌禱。他的楚國應該給過他最後的典禮，一如他描寫過的招魂國殤。但是中國總是把聖的儀禮消溶成俗的鬧劇；不知始自何時，感人的端午變成了體育。

清晨在渡口上等船時，綠草在此岸拂搖，人影在對岸晃動，汨羅江一片悄寂無聲。

六

短短地彷徨著，從瓊州海峽到天涯海角，從汨羅到湘江。在碧透的海邊，在浩渺的河畔，心裡時時惋惜。

南方絕不是女兒國，我想。因爲在我這個北方兒子的心目中，最激烈的行爲和最完美的人物，都產生於南方的水土之中。

生逢這種時代，文學需要依據和力量。久聞「唯楚有材」；但不知爲什麼越來越感到這四個字中，好像深藏著神秘的意味。特別是二十年來體味著毛澤東，近幾年來迷醉著屈原，就愈發覺得此語絕非狂妄。的確，屈原和毛澤東，楚地迤南，有此兩例就可以出此言。

告別的那天，湘江上大雨滂沱。水霧一派渾朦，江面闊如汪洋。我凝視著漫江的大水，它滿盈著向北，不息地湧向洞庭。

日月忽其不淹兮
春與秋其代序
唯草木之零落兮
恐美人之遲暮

迷醉般怔怔地走著，一刻刻地，漸漸覺得肌膚和肺腑都被這蕩漾的綠色滋潤。或者就是應該這樣，我厭惡憑弔二字，我仍無法行禮。如同在海瑞墓一樣，楚塘不是拱北，汨羅江淪爲了賽艇場，我們懷念他，但已經沒有了儀式。

此行南國的日子結束了，我就要回到北方。

過三十年再一起合影

早就知道有些心中有數的攝影家，在同樣的地點，對著同樣的對象，在相隔十年數十年之後，按下快門。漫長的時間成了主題，人們端詳著不住讚嘆。

而我更看重人的情義。我覺得照片只是人們豐富複雜的交往中，一些匆忙的片刻。本領要在人心交換的驗證中表現，神情和細節後面還有曲折的歷史和故事——因此當我和我的蒙古家庭合影時，我們漫不經心，隨隨便便，因爲我們懷抱著更重要的內容。

但是多少年過後翻數照片，心中還是吃了一驚。一個如我的外來青年，一個如他們的蒙古家庭，居然在同一片草地上，從一九六九年到一九八五年，四次合影，留下一次次對別人是那麼特殊、對我們是這麼平常的——全家福，對，這個詞即使譯成蒙語也很順口，挺合蒙古牧民對喜慶的喜愛。

其實若是追求的只是照片，我們還能使年代跨度一直拉滿三十年。一九九六年和一九九七年我都回到草地的家，也都曾不在意地浪費過許多膠卷。但是女兒們都出嫁了，住得遙遠，拖累畜群，不能約齊趕回娘家看我。和她們的小家庭的合影，畢竟和「全家」的「喜慶」不全一樣。

就這四張吧，也足夠使我的人生榮耀。也許有不少人也會和底層民衆有過難捨的接近，也許還有不少人擁有一張類似的合影，但我猜，在十六七年的漫長歲月裡，在大人一分分衰老、兒童一寸寸拔高的流程中，在烏珠穆沁蒙語的喧囂笑鬧聲裡，一共拍過四次全家福的人，是不會有幾例的。

不過榮耀不是炫耀。它們僅僅給了我一種厚實的自尊和底氣，僅僅描畫了我在人群中的立場位置，而不是別的。何況——我凝視著它們，心中更多的是驚奇。我悄悄地感到不可思議。一定是有一個強大支配的存在，它在決斷一切。它的意欲，使我實踐。

我把這種認識講給他們聽。額吉（母親——蒙語）聽了，默默不語，她是不苟言笑的。哥哥聽了，連連點頭，他覺得我的思路好像給了他一個解答。他肯定著，說事情「一定是這樣」。他奇怪地打量著我，好像在想爲什麼我們兄弟倆想到了一塊。孩子們聽了，迷惑不解，如照片所示，他們從那麼小就習慣了，若是這些照片中斷了，他們才會莫名其妙呢。

拴著的駿馬，咩叫的羊兒，不知這些牲靈是否也有覺察；牠們和時枯時綠的牧場草原一樣，和歲歲吹拂的長風一樣，來而復去，生生息息，沒有影跡。

起輦谷

二十餘年來，我或者以一騎牧人之身，或者以一名考古隊員之職，一直在中國大陸北方彷徨。後來久了才發覺自己有著一種觀點；也許是大陸北方養育造成的一種脾性或烙印吧——我極度地要求一切外來人：首先要有尊重這片大地的心情，然後才能進入。

草原、黃土高原、戈壁和沙漠都是沉默不語的。也許它們需要我代它們發言。

聽說日本學者趁蒙古人民共和國滄桑巨變、青黃不接之機，動員巨額堅挺的日圓，與蒙古官方協議，要勘查成吉思汗陵寢——當然若找到了，發掘問題即將擺上桌面。

我聽說後，一連幾天，腦海裡浮現的都是給我青春的烏珠穆沁草原。

我那永遠無言的額吉，若聽說了，一定依然是無言的。

而我覺得這消息鬱塞胸間，使我不安。

世界從來如此，權與錢談判，決定了一切。至於百姓的心情，是無關緊要的。

這就是學術嗎？

事情既然以學術爲名，我也從學術開始。

大名鼎鼎的成吉思汗歿後，葬在哪裡呢?通常有兩說：一在蒙古人民共和國東部的草原之間，一在中國寧夏南部的六盤山地。

在《元史》中，成吉思汗及元朝皇帝們的埋葬處，被寫成「起輦谷」三字。一代代學者們推敲之後，擬音爲keluren谷，即元代漢譯中的「怯綠漣」河，今天多用漢字「克魯倫」音譯——那是一條名河，河谷遼闊。地表上並沒有封土（即「冢」）或其他陵寢遺痕。

認爲成吉思汗葬在寧夏南部（隴東）六盤山者，主要據那位大英雄猝死於對西夏國戰爭之中——可能虛張聲勢作向漠北送葬狀，其實已經就地埋了。

不知道是否日本學者已經與中國政府談判過，雙管齊下，同時也向中國回民聚居的六盤山一帶調查。

其實，我本人還可以編個遊戲，再指一條並非不可能的路，以供當代富翁學者參考：清代蒙文史料《黃金史綱》講成吉思汗葬地，音爲「柴麻」（chima），另外又有不少資料提及成吉思汗喪事與「薩里川」有關——那麼或者可以推理「薩里川」即「薩里畏吾兒」即歷史上的「黃頭回鶻」居地——河西走廊之某地；若可說通，則河西大走廊盡頭、甘肅西頭倒是有一片神秘的山地，地名恰好叫做「昌馬山」。有誰能說chima與「昌馬」其音不諧?!雖作戲筆，也許在方法論上並沒有與學者們相悖。

眞正的成吉思汗葬地，若是動員本地人尋找，是一定可以找到的。至今尙未發現成陵，是因爲學者們沒有把功夫練就——無論是在對牧人心情的尊重上，或是在因地制宜的田野考古技術上。

說到這裡，我又聯想起一些趣事：

若是在萬頃牧草中丟了一件東西，可以用羊群來找。六十年代，當我還是一個牧羊人時，曾經多次用這個辦法，有時摘下眼鏡，上馬剛走開幾步，就再也找不到了——後來學會了用羊群。讓羊群自由自在地吃著草，散成一線，朝丟失了眼鏡的那片草走去。突然間，羊群在一個點上驚炸四散，拼命逃開——盯住那個點，縱馬跑過去，眼鏡就在那裡。

羊群對於草原上任何異樣的東西——比如骨頭、怪石、木頭、皮鞭，都很敏感。我們不止一人、不止一次地用這個「羊群梳草法」找回過鞭子、書、套馬竿等東西。

成吉思汗陵寢即使不起封土，也一定多少有留在地表的痕跡——如果「起輦谷」確是草原植被，那麼至少應當有用羊群「梳」一遍的本領。這需要每個考古隊員都應當有一點牧人味兒。

其次，也是更重要的：沒有世世代代生息於斯的人不知道的事。這是一條定理。以前我當牧羊人時，從來沒有留心我生活四年之久的汗烏拉有什麼考古學遺址。後來，從北京大學考古學系（當時歷史學系考古專業）畢業後，又幾年來在新疆考古；有一年回到汗烏拉，便問我的蒙古哥哥阿洛華，問隊裡有沒有什麼墳呀古物的。

結果令人吃驚：次日阿洛華哥哥領我去了年年駐夏的泰萊姆（我有四個夏天在那兒度過），泰萊姆山坡上有一串串幾排鏈式古墓，在新疆我們稱爲烏孫或塞種墓。它們應當與斯基泰文化、漢代西域之烏孫國關係密切——那是我見過的亞洲最靠東部的這種古墓。

第三天我們又發現了突厥石人雕像，按照以前大學裡和考古隊裡的常識，這種突厥石人很難在烏珠穆沁東頭發現。

考古學教科書就這樣在兩天之間過時了。然而我對於考古學的認識，從那兩天之後，才剛剛開始。

我敢說：在確實埋葬著成吉思汗的那個地方，正生活著像阿洛華哥哥那樣的人。他們不寫書甚至不讀書，但是他們熟知比書本更精確的細節。關鍵在於，學者們從來沒有住進他們的泥屋或氈房，從來沒有眞正平等地以他們爲師。也許還可以容忍我更尖銳的，但我自認爲是更原初的質問：學者和學術難道就是如此嗎？研究難道是一種新的歧視嗎？

尚有其三，在沉睡安息的成吉思汗陵被驚擾之前還有一些話該說。

無論起輦谷或成吉思汗陵在蒙古草原還是在六盤山——那裡都是一種宗教性很強的地域。

人人都知道藏族人的神鳥天葬，但很少有人知道蒙古人的葬法。至少在烏珠穆沁牧區，蒙古牧人對於埋葬，多少是有些忌諱的。對於這種葬法，我爲了尊重，從來在作品中迴避描寫。比如拙作《黑駿馬》中，主人公只是說：「自古以來，畜群從不來這兒吃草，人家也不靠近這兒居住。」——這就是蒙古牧人（或一部分）的天葬地。我從未進入過汗烏拉的天葬地；不進入，不言及——都是草原上無文的法律。爲的是對逝者尊重，爲的是遵循一種道德。

人們也許對六盤山周邊的住民——回民的葬俗更生疏。我出身於回族，近年來一連六年參與著六盤山區哲合忍耶派回族的事業。在六盤山周邊，處處都有回族——伊斯蘭教的聖徒墓。窮苦的回民們洗過宗教的沐浴之後，虔誠地到那些聖墓上誦經悼念。我多次參加這樣的活動。有時，隨著一些年長的老人行走，路過一片墳園，老人捧起兩掌，爲死者接「都瓦爾」；我注意到那是漢族墓，便問：「那不是回民啊。」老人對我說：「要爲衆亡人舉念！」舉念，這是一個不易解釋的詞彙。它很深沉，含義盡在兩字之中。

這樣，我想我可以結束這篇文章了。

誠然是，學術無國界，研究不簽證。但是在考古隊的鐵鏟上，究竟有沒有一種更高的道德呢？

蒙古草原由於它承載的文化的游牧性質，用一句考古學行話：草原上很難形成文化層堆積。連續兩千餘年的北亞游牧文化，並沒有如數地留存至今。我不能說，游牧的蒙古人只有成吉思汗陵這一處國寶；但是，成吉思汗陵確是蒙古人和北亞游牧民族擁有的最貴重的遺產——若是匆匆挖了它，那麼後世的蒙古孩子就用不著學習考古學了。

「心比天高，身爲下賤」，也許是我們中國文人的固癖。但是對於蒙古高原的那萬頃牧草來說，我並不是一名第三者。我在那片草海中度過了自己的青春，而且從那裡獲得了日後學術和文學的基礎。聽說了日本向成吉思汗陵伸手的消息之後，我無法安寧。我感到那茫茫青草在向我搖曳，我感到無言的牧人們正在凝視著我，明知日本富翁背後一定有數不清的蒙古人和中國人志願當買辦，我仍然決心再三挑起這個話題。

成吉思汗陵寢應當由蒙古牧民的子弟自己去決定發掘與否。如果連這樣的事情也由有錢人說了算，那麼人文科學便再無人道可言。

五十年前，日本學者們在皇軍的威風下進行了一系列考古活動；五十年後，日本學者們又在日圓的威風下捲土重來了。一介書生之美，清貧文章之美，難道已毫無價値了嗎？

我相信，未來的某位蒙古學者——他曾經是一個牧羊小孩——會站出來爲我作證：這並不是狹隘的民族主義，這是一種學者的重要道德。

我沒有錢，但我有筆，這就足夠了。

我能夠坦然地迎接草原神明的凝視了。

一頁的翻過

二十多年前，有一次曾經未加思索地寫道，游牧草原的循環不已的歷史，「也許要翻向它的最後一頁了」。

這麼感覺的原因，是由於那時開始出現了定居，雖然只是草拌泥房子的定居。而且，一年中遷徙的次數在減少。此外跡象還有很多，比如，一直成爲大草原形象的木輪子勒勒車，有被工業生產的鐵筋車取代的可能。

而今天，這「最後的一頁」已經掀得雷鳴風吼。它破壞著，替代著，唆使著，蔓延著，帶著粗俗而生氣勃勃的歡叫，恣情地在延續了十數個世紀的舊營盤上摧枯拉朽。

何止八瓣轂轆的自製木車，連輕便鐵筋車也幾被廢置。草原的交通與馱載，正在被拖拉機和客貨吉普車所替換。越冬、春羔、駐夏，加上秋季追逐草籽和營養的頻繁走場遷徙，已經變成了一座磚房和一座氈房的基本定居。熱乎的火炕，夾牆後的啤酒，使年輕人不願動蕩地搬家。都市裡時髦的話題——草原的褪化和沙化，首先在一座座磚房周圍開始了。

嘉陵、鈴木，一輛輛摩托在嘟嘟穿梭。馬群裡的乘馬發肥，賽會上難得挑出善奔的駿馬了。而且三年兩年不騎，馴馬暴烈難御，還原成了「生個子馬」。牛則幾乎都是生個子；女人們缺乏馴順的牛去拉車打水，從百步之外的水井打一缸水，居然要男人啓動柴油拖拉機，一路黑煙地興師動衆。確實，女無乘車男缺坐騎的問題，牧人不願意騎馬的問題，破天荒地出現了。

Motar是什麼意思？taisen是什麼意思？還有yidang、erdang、lieji，聽不懂的都是借詞。它們分別是摩托、鐵絲網、一檔、二檔、離合器，隨潮水般的漢語借詞湧入草地。加上啤酒瓶子、三輪貨郎、盲流小偷、運牛車裝修隊，如今奔向烏珠穆沁草原的一切，使人目不暇接心慌意亂。

雇工即「使人」已非常普遍，而這個詞曾被譯成「剝削」。新頁才掀開一角，就已經淘汰了第一批犧牲者；由於懶惰、病死、繼承無人等原因，熟識的家族系譜中已經消失不止一家。當然相應的是迅速富裕起來的家庭，政府獎勵了一個銅牌掛在哈納牆上，上面刻著「小康戶」。蒙文一側讀著讓人忍俊不禁：這個詞在六十年代譯成「上中牧（農）」。

政治的社會秩序忽喇喇地坍塌了。當年被階級劃分理論打入淒慘底層的人，那些牧主和富牧子弟，今天不僅多是富裕人家，而且心思已在榮譽——比如熱衷賽會的奪標。具有諷刺意味的是，當年的貧協主席又率先淪爲貧困戶；在吃光了最後一隻羊以後，他和他的家庭都消失了。有人說他已去世，有人說他兒子正在某地當雇工。我聽得目瞪口呆，不知其中的深意是什麼。

如今牧民養狗，盼著狗眞的敢開牙咬人。草原上日益增添紛喧囂和絡繹往來的小販浪人，使牧民不知怎麼過日子了。一層氈的蒙古包，不可能裝防盜門，它只被一根皮條隨便拴住。這扇門的文化，需要一種對傳統的默契。闖入者使他們緊張。

活動半徑縮小了，游牧被鐵絲網圈定在自家十里方圓的草場。偏偏地球變暖，雨水稀少，羊毛跌價，草地沙化，因受益於最初的改革政策而驟然富起來的牧民，因經營和運氣在後來歲月裡敗北的牧民，感到缺乏判斷明天的經驗，感到自己的無力。

於是人心向神明聚集，處處是新堆起的敖包。著名的大敖包祭會，如今是年中最要緊的行事。小敖包則密不可數；在自家領地制高的山頂，在大路或轍印的當途，在逝者指引過的地點。敖包（abō），這個在蒙古學術中經久地被人討論不已的名詞和現象，或許只是在今日才閃現出一點它的本意。

詩人納楚克道爾吉有名篇叫做《我的家鄉》（Mini Nutug），這個詞也被我反覆學習過。它兼有營盤、家鄉、草原、祖國幾重含義。而今天nutug一詞的語感多了對私有的強調，並且愈來愈頻繁地指向草場承包以後，用鐵絲網圍住的那一小塊「地盤」。

以上種種都是觀察的視角，慢慢寫來不忙；唯有環境的事，確實緊急：

前年回草原時，以前羊群珠散草海的風景，被挖上了瘡疤似的黑窟窿。原來是承包了這片草原的一支採礦隊，挖開青草，開出一個個采銅的土礦坑。采礦坑或是矩形的探槽，深數米；或是坑道，深不可測。

以前，牧民們講述四周地名的時候，說到奥由特（oyotu），總是帶著神秘的語氣。「有翡翠的地方」，它既是牧民的古老家鄉，也是我插隊的最初營地，聽著我自然也很喜歡這個地名。誰知古老地名是一種原罪，因爲它招災釀禍，引人入室，天生就是破壞安寧和自然的情報。

馬駒在礦坑裡摔斷腿，掉隊的羊被人盜走。前年發現，牧民兄嫂的神經已經失衡，我也目擊了游蕩成群的閒漢，夜間轟鳴的載重卡車。黑洞愈挖愈多，南邊山坡一片瘡痍。採礦隊每天用大拖拉機運水，水井幾近乾涸，在水草豐足的烏珠穆沁罕見的水糾紛，終於出現了。爭執時一片混亂，各自嚷著對方聽不懂的語言。家家的狗都暈了，不知該叫該咬。草原上甚至奔著兩三頭豬；這使牧民的小兒們大感新鮮，舞著馬竿子追逐。去年夏天再回草原，牧民兄嫂更加憔悴了，他們求救般地望著我，不知所措。

在都市裡，我們習慣了不安的生存。換言之，我們習慣了日復一日在可怕的喧囂中，讓雙耳漸漸失聰，讓眼球終日充血，讓心被扯出一根線，川流不息地抽絲失血。我們在大都市裡，以憔悴換回存活，忘了安寧也是自己的權利。

而北方的大草原則不同。那裡靜謐得——據說能聽見四十里外的一只獺子咳嗽。草海的潮動能吞吸近在咫尺的聲音，所以經常是當汽車一直開到鼻子下頭，才被人聽見。

原來養牧五畜的游牧民，就是在這樣的環境裡，費幾千年時間漸漸凝結了自己的傳統。他們享有幾十里空闊的前庭，又枕靠同樣幾十里空闊的腹地。所以視野裡任何一星人影都爲他們了解，知道那是誰家的老人尋馬找牛；同樣哪怕夜深時分的一聲響動也能爲他們判斷，會意到那是某某趁月色運草。

環境的巨變，安寧的打破，不僅是對一種千年未改的古老心理的壓力，也是對一種特殊能力的破壞——牧民們對自己不能判斷感到慌亂。無力的感覺，是從未有過的。

總之，享有純粹而悠久的安寧，也許是游牧民的一項奢侈。雖然愈是比較都市，愈感到它才是人的基本權利。不管怎樣，安寧被打破了。

一連三年，每個夏季我都返回烏珠穆沁的草原，爲的是在渴望的安靜裡休息身心；沒想到，卻看夠了歷史翻頁的實相。

一年的富裕使我驚奇而滿足。第二年門口就出現了闖入者；對來串門的採礦隊，我不知說什麼才好。我只能叨叨些保護草場，心裡卻滿是煩惱。我的安寧也被毀了，千里迢迢地，來看破壞植被。第三年牧民兄嫂要求我立刻去爲他們上訴官員，他們已經急得亂了方寸。

窺見了歷史的翻頁，究竟是一種收穫呢，還是一種痛苦？

游牧社會的文化，是一個偉大的傳統和文化。它曾經內裡豐富無所不包。無論拉水的牛比賽的馬，講起來都是一本經，套套解數娓娓動人。無論語言的體系或一個單詞的色彩，分析到底都會現出眞理，閃起樸素的光輝。在如此世界裡，男女老幼生死悲歡，無不存在得生動感人。它深藏著一種合理的社會結構，一套人與自然的和諧關係，以及一些人的基本問題。

若是培養它的環境存在，它就存在。反之它會逐步消失。不知道，人類是否已經決定要改變這個環境。儘管世界上還有各大牧區，牧養（而不是廄養）的文化還在繼續；但是，如烏珠穆沁那樣的，相對純粹的游牧文化類型，過去就曾經罕見，今後更臨近終結。

隨著一種強力的推動，在人對富足與舒適的追求之中，在對青草和對人的侵犯之中，機械人聲轟鳴嘈雜，歷史在以舊換新。

中原迷茫

一

如今的中國，居然還有這樣的思路。不，是連續的後代也一路追尋到了這一處斷層死角，這使我心中震動。在蒼涼的大河冬日，北方的風景一片殘破。飄動的青青衿帶，如今遙遙地一去不返，如同不來相助的衰落文明。

能夠如此細致地讀解，就使得關心已經超乎我一己之上。質疑者應當是我；是我要替退出了的一代、替頹唐了的一代、替分道揚鑣和彼此敵對的一代、替疲於生計和逃脫收斂的一代，向你們提問。

二

在追蹤那些飄舞青衿的時分，你們可曾想到過，其實即便在烈士們還活著的古代，他們也只是決絕地離別。和同類是多麼難以交流；荊軻幸而沒有留言，所以青衿不曾被污水潑濺。他們都漸漸活得習性沉默，與文不說書，與武不論劍。

對著這簡練的闕文斷語，從司馬遷到魯迅都有過一絲失語。你可讀出，他們誰都有些難於措辭。他們不求歸納強做歌頌的，只是一些無援絕望的戰士。區區人格不該是依據的岩石，那是土崩瓦解之後最後的兵器，如同那幾柄和這個歷史一樣古老的，魚腸刀、徐夫人匕首、雌雄的劍。

三

本來中原應該是大器之極，守如山林，動如風火。於拙樸中靜聽他人傾訴呻吟，在出世時一發千鈞天下震動。可是百年來不知爲了什麼，孳生著如蟻的喧囂侏儒，代謝著乏情的銅臭女輩。風潮欣賞下流，公論嘲笑正義，這是一個多麼畸形的人群，這是一個多麼病重的文化。我自孩提時想像和熱愛的大陸——它衰老了。屈辱的歷史，殘暴的權勢，苦難的人民——每一個青年出世，都面對著這三位一體的矛盾。魯迅又指出了第四個：卑污的智識階級。這古文明中還有簡練的利害一詞。利，如香噴噴嘴前擺的一塊肉；害，如明晃晃頭上懸的一把刀。魯迅感慨沒有「敢撫哭叛徒的弔客」；可是他知道嗎，吃刀前先要割喉毀膝，烈士們都是跪著和無聲地飲彈受死。並沒有臨終高呼一聲的、那最後的人道可能。其實已是噤若寒蟬，但是智識階級還要追著送一個高調煽情、表演凶猛的惡諡。孤魂的鬼，誰願意去充當呢。

四

寄託應當只在青年。但是青年多不可信。不必說從荊軻到魯迅都曾經對青年失望；微小如我，青春做伴的朋友也大都沒有踐約。

曾幾何時，英雄氣短，世上僅餘曖昧一途。文字不敢暴露氣質，做人謹愼顯示血性。即便這樣舍舍規避，還有同類的追逼，刻毒的剿殺。舉義也是可能使人疲憊的，文明的失敗太多以後，人會反感文明，放棄責任。特別是，它一邊呼喇喇地大廈傾，一邊還鎭壓弱小殺伐人道；看是土崩瓦解，卻又構築體制。

只是人各有性，咂吮過的稀薄乳水，如今發酵成了濃烈的情義。別又來，捨難棄，人生就這樣地度過和巡迴。誰曾矯情冒險？誰以好意為主義？不過是交還養育一場的奶水之恩，不過是雖知不可勉為其難，不過是曠野一人獨自舉禮，胡亂祭奠那飄飄青衿的影子罷了！

五

最後求索於無名的民衆，最後把秘藏和心靈和盤端出。一瞬間有過兒子的滿足，為著你接濟過這枯水的大河。但是且不說以自由為交換，且不說這需要特殊的前定和神秘因素——脫口而出和剖腹取心的懲罰，是最深刻的。

疼痛的感觸告訴你，再也不要存著幻想。在這裡，保留和隱瞞、識時勢和守中庸者才是得勝的。這樣的交流是值得的麼？以後的每一天，都會這樣自問不已。還會自問，民衆難道不正是由於怕當孤魂的鬼，才結成了那樣奇特的一群嗎？那麼，像民衆一樣淡漠地看待世道吧。萬物都是造化的意欲。前定應該消亡的，也許就該讓它消亡。終將難免一別的，也許就該揖手相別。這是最後一個也許：與其憂天如古怪的杞人，不如順天如淳樸的民衆。

在中原的厚實土地上，我行走，我住宿，我緘默，我尋覓。「青青子衿，悠悠我心」。今天，青衿就是黃土高原上，結群做鬼的、農民的黑棉襖。世界和百姓輪番地教育著，我的心不再焦躁。

六

不知多少次，不知從多少個省份，我總是竭力尋到一處渡口，接近黃河。只要抵達就夠了，彷彿這方式是人生的一部。若是連這都嫌奢侈，那麼就在支流、在邊界、在這大網拖曳的任何一個點和結上，竭力接近。

風景雖然因地而異，但都塗著北方的旱渴黃色。屏息於大河之畔，我如一塊鏽石，凝望一派浩渺。冷冷的流霧如黯淡的襁褓，此刻的感情悄然而真切。這是中原難離難捨的大陸。儘管混沌中沒有一點亮色，但是感激如一股醫藥的苦湯，滾熱地淌過，穿透了堵噎的胸口。

儘管，我依然不能排遣胸中的一絲憾意。我辨不出那些古代的聲音和影子。風聲水聲，沒有濁啞慷慨的古樂。煙村峰巒，沒有青青的衣影飄過。我依然每一次都覺得，視野中的蒼茫中原如死滅的古識，它不解不答，不驚不動。

滿山周粟

一

念考古時聽來了一句話：「生在蘇杭，葬在北邙。」

二十年中，幾次從西安城路過，遠近瞥見了那一條若明若暗的咸陽塬，總不由得聯想北邙山。這一道淺山台地，和邙山天生一對。古時，哪裡若被定都，都一定要先看看候補首都的北面，有沒有這麼一道低伏的淺山。可不敢小看了這一道低岡小丘，它是城都家國的吉相，凶吉貴賤的準星。風水書裡，它被尊稱龍岡；當然其最實用的用途，是充當皇家的陰宅墳地。在考古行中它被叫做陵區，因此，所謂「咸陽塬上」，指的就是代代帝王的陵墓群。

我喜歡眺望塬上，放縱遐想。但如今我的想像已無關考古。不光是對著封土大冢，也包括對著十萬迷宮的歷史。對歷史我一天天不求甚解，偶爾聽人提及什麼古雅話題，我就不由得呵欠連天，完全不像讀過考古系。

北方文物以豫陝二省爲長。只要稍稍留心，無論誰都能發現，左邊是數不盡的漢唐魏晉，右邊是聽不完的故事舊聞。從長安到汴梁，典故和古蹟多得像石頭路上的石頭，掃不盡搓不完。我也曾對其中一二下過勁，最終多覺得白費了力氣。歷史如宇宙，那麼含混漫漶，誰能追究清楚呢。

大多的古跡有名但沒有魅力。風化般地，它們早變了路上的滾石頭土坷垃，絆得腳生疼。我注意到，即便在「當地」，人們也並不特別說古——在躁動的日子裡，在蒸騰的塵沙中，中國人，早對古代淡漠了。

二

進入了關東一下子置身河南。洛陽的北面，視野裡換了攀比蘇杭的邙山一線。——那句話醒來了。但它不過是我早就熟視無睹的一道黃土梁子，任你爲王爲寇，到了陰間萬般皆無，還裝扮什麼等級富貴。

我心裡哼一聲，可還是暗自留心。畢竟是陰間名山，我也畢竟還有行業薰染的下意識。稍稍靠東，路右的今名是首陽。這山渾身披著衣服一般，密密地刻滿著梯田。山體低伏蹲踞，和位置稍西的邙山一線纏連。迤邐望去，這一條淺山地脈東西擺開，若起若伏，似黏似斷，一直向著遙遠的咸陽塬貫通而去。

首陽是什麼意思？我知道，要弄清這麼個詞麻煩著呢。地望哪一搭？誰知道。查書對字左援右引，考證一丁一點的活兒，我幹得不多卻幹「傷」了，何況這前後百里——沿著黃河，交通緊緊夾擠在山河之間。一條縫裡，數不盡的古典重疊。沒有一股水一個村，是清楚和簡單的。

魯迅有一句「轉身向北，終於到了首陽山」，划拉這麼一句要查多少線裝書？我可沒有那樣的功力。反正，此刻面對著的，是一個和古代同名的首陽山。管它呢，除了這兒又能是哪兒呢。爬！

人間事，最貴的就是一個行動精神。心到就必須腳到。否則，草木凋零，美人遲暮，落花流水才知傷春，那就晚了。爬！弟兄幾個驟然興奮，車轉彎，筆直地對準了首陽。

問路時更聽說，這邊山頭有一對伯夷叔齊墓，那邊山頭有一座伯夷叔齊廟。答問之間，登上了首陽山頂。

我們一行喘著氣，一眼望去，立即覺得開闊和壯觀。眼睛此刻眺望的，是中原的腹心。

三

正是隆冬，從崤山一帶向東，前幾天落了一場雪。整個低矮的中原丘陵，梯田莊戶，雜樹泥屋，都被白雪塗抹一過。一道黃，一層白，斑駁的殘雪顏色，使山野荒涼而蕭殺，人的心思，很快就靜了。

在山頂找到了小廟。廟的建築當然粗陋，不過也沒有誰妄想來看商周的古建築。這小廟，恐怕左右不過是「改革開放」蓋起，十幾二十年的事。但是也沒準，它的底子，就是《史記》裡的伯夷叔齊死時躺的那塊石板。

一對老夫婦，從山北的村落裡攀援而上，他們是守廟的。看著我們一行，不知是要施捨，還是要交流。這種民間的修祠守廟，在北方正暗暗時興起來，給文物強國又添了不少的文物。

大雪與黃土夾雜，使一道綿延的首陽，還有北邙，以及咸陽塬上，都好像連接上了蘇杭。無形地我們也覺得滿足。靜極了，人彼此瞥見對方，胸中升起著一種蒼涼情緒。冬日的淡雲，一絲絲地散開遠去。

四

若要考定這山是不是商周首陽，最好是刨出薇菜。

誰都知道，古時周滅商，伯夷叔齊二人不食周粟，在這座山裡採薇度日。他們終於餓死，留下了一個絕對的、一道難題般的故事。

而今呢，薇也罷，蕨也罷，地梨子或是甘草也罷，都一律不見了。即便有，也被大雪埋盡了，我不由地想。白雪鑲襯的低山梁逶迤而去，在地平線處與暮色混融。我突然覺得，我從來不大留意的、一躍而過的中原，景色居然這麼好看。

考古隊常把司馬遷的記述看做發掘的線索。因爲和今朝諸老的文章大不相同，太史公大體字字有據。叔伯二老的墓和廟，就由它們頹廢吧，想看的首陽薇，也不必妄想。唉，哪怕來個河南老農撒個謊也好，哪怕他說他聽說過山上有薇菜也好。可是，沒有。

何止不見薇，也不見蕨，不見任何的石松、貓耳朵、馬莧、刺刺菜。問是問了，但我知道，電視記者似的胡謅亂刨是問不出啥來的。再者，那守廟老漢閃爍其辭，沒準只盼著捨散。追問是誤解的頭，我決定算了。

它就是邙山餘脈，使死者如在蘇杭。它說，人死後遷居魚米之鄉。它蜿蜒在雪霧裡，上下蒼茫，四外無物。那視野，樸素和壯觀同在。

那一天，因爲白雪的妝扮，我飽餐了中原的冬色。那空濛的凜冽，雪地的素淨。在馬賽克、廁所磚的一路眼障中，我想，該知足了。若不是這場多情的大雪，我能看見的，只能是梯田裡的小米麥子，只能是滿山的周粟！

對那個傳說的行徑，會有長久的爭駁。一半中國人會說，伯夷叔齊反動，他二老維護的，只是一個腐朽的舊貨。

五

我猜有的民族，可能喜歡不論是非，只欣賞行爲的美感。比如一個日本武士道的範本「四十七士」。那是個家丁爲亡主復仇的故事。他們用恐怖主義的血腥手段先把仇敵屠戮淨盡，然後四十七人集體殉死。一個美國學者把故事寫進一本書，那書竟成了描述日本文化，特別是分析日式宗教的奠基著作。讀那書的人很多，尤其學日語的中國人，說起那書來個個五體投地。都忘了批判那故事的恐怖主義，以及煽動狂熱文化冒險等等。

也許，不食周粟的典故，潔則潔矣，卻使聰明的中國人對它感到顧忌。因爲它和中國人的歷史，有那麼一股子彆扭。若是像小日本似地大力張揚它，那不僅周作人張愛玲不好評價，中華的浩浩歷史，元伐宋，清滅明，孫中山驅韃虜，不就成了一部自嘲自諷的糊塗帳了嗎。

魯迅先生呢，他顯然重視了內在的什麼，所以心有所動。但他又爲其中的悖論頭疼。於是先生使用摩登手法：不光是一篇〈采薇〉，整本的《故事新編》，都是把古典一一地開了頭，再用上一筆鬼畫符，結尾了事。

具有永久性意義的是，魯迅在那古怪小說裡，非常實用地，列舉了「薇湯、薇羹、薇醬、清燉薇、原湯燜薇芽、生曬嫩薇葉……」，整整一份薇葉Menu。先生這個薇菜單子（命名薇譜如何），既悲哀，又刻毒，好像他比伯夷叔齊還內行，還慣於采薇的生涯。我懷疑，先生是特意借文使這〈薇譜〉傳世，好像怕我們後世餓著。

歷代的不食周粟者，儘管取道清潔，哪怕丈夫氣慨——這薇菜單子，是任誰也躲不開的。它筆直對著每一個人的自尊心，如每天的日課。

六

後來，天道殘酷無情，又降了風浪。人看見血的時候，把一切經驗之談和歷史教訓都忘掉。我如痴如醉，只惦著林黛玉的「質本潔來還潔去」，也念著古老的「不食周粟」。於是使著性子不顧生計，把按月的「周粟」，一股氣扔到了茅坑裡。

也許，我在想像中，主觀地美化了叔齊伯夷的形象。忘了魯迅先生的深慮，忘了他爲「不食周粟」的複雜，曾用曲筆疵鋒，寫得曖昧一團。

《水滸傳》裡，強盜一詞正是褒義；今日文壇，人盼緋聞出上點名。中國人只不要一種名——大節。何止不要，大節就是極左派，就是假道學。腳踏著中華陽間第一山的頂巔，我敢說，中國人乃視大節如爛笤帚的民族，說撇就撇，絕不吝惜。這一民族特色，和環球左右各色人等不同。

我因下水一遭，褲腳至今淋漓。捨棄了不潔之金，拋卻了「周粟」、「盜泉」牌的餐飲，再顧老扶幼流落他鄉——那時默中的滋味，究竟是什麼呢？是薇菜的苦淡，還是人的驕傲？說不清楚。我只知道，人的尊嚴和傲氣，必須要靠著三餐的薇菜，也就是一份錢養活著。

我懂得這個道理很早；於是跨海越洋，托身在日本，孤注一擲地去採薇淘金——我們慣說爲「打工」，日本所謂之「出稼」。

哈姆雷特問：周粟，還是倭餐？

我選了幾樣日本料理。不食周粟的飲食習慣，使我突然成人。不僅打掉了作家的嬌氣，也敲碎了學者的架子。我見識了從涮碗到著書、從看風水到教大學的種種營生。恰如《薇譜》之幾品。上了歷史的首陽山，誰都必須確保那一握之薇，下苦力氣彎下腰來，一棵棵地採。

人常愛說，魯迅要是活著怎麼樣，云云。

魯迅要是活著，我猜，魯迅一定會義正詞嚴地抗議中國作協：他們濫用了他的名譽權，卻沒有照顧他的遺願。他的遺願是：把烹調薇菜，舉辦成一個有趣的大獎賽，動員人人努力奪冠。其冠軍者，方可獲「魯迅文學獎」。他會怒斥曰：你們這些「烏煙瘴氣的烏導師」，你們這群「幫閒的乏走狗」，你們不是以「趣」爲大業麼，你們怎麼在這麼大的樂趣前頭溜了呢？！

七

我喜歡盡著野性，千里奔襲，抵達他人難以接近的地點，然後獨享壯大的風景，吮吸點滴的知識。可是，首陽山給了人什麼知識呢？唉，人的感覺，和山河風景一樣，都是謎。

天快黑了。我想，這一回爬首陽山，只能如此而已了。機會無論大小，都是很少的，包括這麼只是半日裡的一登首陽。這麼想著又覺得可惜。向遠方望去，視野眼界裡，綿延的北邙山，如影的咸陽塬，都像這蹲踞的首陽一樣，正一刻刻投向昏暗。

一篇〈采薇〉，魯迅教導我們：千萬莫要把一個「不食周粟」當了什麼壯舉。非也，那只是個人行爲，食之潔癖，飲食習慣。敬請勿竊究是非，不需誰刀筆臧否。

這麼寫並不合先生本性。所以讀得出來，他不光是寫得不痛快，而且寫得膩歪。他不滿意自己，自我批評說：「這就是從認眞陷入了油滑的開端。油滑是創作的大敵，我對於自己很不滿。」

我們在暗的視野中驅車下山，盤旋降落之間，不僅首陽，全部一脈連山，都在黑暗中陷沒。

夾肩的梯田晃閃著殘雪的白。途中看見夾路的田畦，辨不出種的是什麼。我問：「是麥子嗎？」同伴答道：「不，像是小米。」

沒錯，就是那個品種，那個周粟。

沙漠中的唯美

一

不少人聽說過，有一個能歌善舞的美女，生逢亂世暴君，她以歌舞昇平爲恥，於是拒絕出演，閉門不出。

開始人們都很敬佩她，即便陌生人閒談之際，也對她讚不絕口。幾個男女朋友簇擁著她，信誓旦旦。可是時間長了，先是衆人對她顯出淡忘。世間總不能少了絲竹宴樂；在時光的流失中，不知又起落了多少婉轉的豔歌，不知又飄甩過多少舒展的長袖。人們繼續爲一個接一個的新人迷住，久而久之，沒有誰還記得她了。

她逐年衰老，褪盡了紅顏。家人的話語中，有了忿忿的不平，也悄悄地有了埋怨。等她覺出忍讓的不易後，她便離家索居，避開與親戚們的來往。

再過了些年，舊友們不再青春年少，一個個都被生計挾制。他們一旦務實世故，就感到與她相處的不自在。守身的她如在譴責，舊友們躲著不願和她見面。知音一旦失去，她的日子就眞冷清了。

她走到池畔，引頸看去，水中恍惚搖動著一個醜陋的老婦，頭髮脫落，滿面鏽斑，身材佝僂。她嚇得失聲叫起來，又馬上掩口噤聲。她環境四圍，沒有人跟隨。

後來，就沒有了她的音訊。

二

不少人聽說過，有一代軍人，遠古時是這裡的人氏。可是來訪者四顧太平，不聞戰叫。只能聽聽藝人彈唱。

史詩彈唱中說：當敵人來掠奪古老的家鄉，驍勇的軍人們出征了。仗著祖傳的寶刀，他們殺死了食人的惡鳥。他們一身血跡凱旋，母親摟住他們痛哭。國王發給他們獎賞，藝人把他們編進史詩。

可是終於有一天，國王要他們屠殺人民。他們拒絕了殘暴的國王，把殺死過食人鳥的寶刀，扔進了鐵匠爐裡。國王怒不可遏地撲過來，但是那寶刀在鐵水中迅速銷蝕，發出尖銳的聲響，冒出青色的濃煙。轉瞬間寶刀無影無蹤，爐中只剩下洶湧的鐵水。

史詩就在這裡結束了。那些傳說中的軍人，他們究竟是被國王殺害了，還是被監禁至死；史詩裡沒有唱。隨著時代更迭，連熟悉傳說故事的人也少了。路上時而列隊走過荷著武器的隊伍，小孩子們也照樣玩著打仗的遊戲，雖然沒有寶刀。

不過，那裡還使用鐵匠打的鋤頭勞作。

三

不少人聽說過，有一種乞丐，他們一貧如洗沿街乞討，卻一絲也沒有失落了氣質。陽光裡，迷路的鳥兒和狗只有他們餵食；寒夜裡，倒臥街頭的瀕死老人只有他們遞過一塊氈片。接過一口乾糧時，他們感激的是神；被暴風雪逼進角落時，他們埋怨的是運氣。他們不去附和官府，不盤算哪怕一個糊口的營生；富人和老爺剛剛施捨一過，就被他們忘得乾乾淨淨。

在街頭，我看見一個長髯的老者。他並不言語，只是唱歌。他的沙啞喉嚨難言地迷人。路人擲下小錢後，不知爲什麼總是連忙逃走，他使人們不敢正視。時刻到了，他在熙攘的人群街心當間就地跪坐，若無旁人，竟自祈禱。人紛紛停步，不敢打攪，連汽車都開得緩慢——那時十字路口出現了罕見的氣氛。

等他起身，街路才恢復了忙碌，又是車水馬龍，人流滾滾。一個好奇的孩子緊跟著他，可是不知他要到哪兒去。人人都在路上奔走，只有他，蹣跚走著卻是在奔向夢境。

四

不少人聽說過，有一頭犍牛，牠在漆黑如墨的夜裡抵擋著一群餓狼。牛圈裡都是柔弱的乳牛和牛犢，房子裡的人正在酣睡。牠獨自苦戰，狼輪番向牠撲來。牠用一雙斷角挑穿了一只狼的肚子，黑臭的污血濺在地上。又是一隻狼撲來，被牠撞死在柵欄一旁。狼群仍在衝上來，牠漸漸力氣耗盡了。

第二天早晨，睡足的人心滿意足地走出房子，突然看見——斷角牛四腿斜斜地後蹬著，血跡斑斑的頭顱古怪地死頂著牆。在牛頭和牆之間，一隻狼被兩只斷角牢牢地釘著，釘死在牆上。牛已經死了，但牠的致命處並沒有受傷。人看了好久才明白：牠是在極度的拼力、巨大的狂怒和再不回頭的決意中「掙」死的。

五

不少人聽說過，有一匹白馬，牠有純白一色的皮毛，即使一身汗水，顏色依然如銀似雪。

後來牠自然老了。馬在長到了十多歲以後，骨架就開始改變形狀，再後來，馬的骨架開始粗重寬低，呈出老馬的形態。牧人們只要看見一個馬影就能認出馬來的本領，主要是根據骨架和毛色變化的規律。但是，這匹馬卻特殊；牠一身的白顏色一直不褪。鬃純白，蹄踏雪。內行的長者們常常欣賞地打量著牠，嘖嘖稱奇。

終於一天，牠的主人走了。牠站在草地上。頭低了下來。牠不吃草，不飲水，垂下的頭像是在嗅著草地的氣味。一連幾天。在草原，牲靈的殉情並不少見，人們有些沉默，但是沒有驚奇。

大概是在第三天，一個路過的牧人發現：老白馬的毛色變了！由於這個原因聚了不少觀看的人。大家眼看著，在太陽不變的照射下，馬兒身上的白顏色，卻一刻刻愈來愈暗。傍晚時分，牠轟然坍倒，伏臥在黯淡黝黑的草叢裡。

六

不少人聽說過，有一類孔雀，只是由於造物的鍾愛，牠生得天生麗質，美羽如夢。牠總是仔細地挑選宿地。因爲牠不能容忍樹杈荊棘，生怕在熟睡時，不覺間會損壞了自己那金瑩藍亮的羽毛。

而山野中，擇木而棲的習性談何容易呢，往往是繞木三匝，無枝可依。往往只能潛伏荒草雜樹之間，度過長夜。

動物的唯美中，也許孔雀是最極端的例子。視美甚於生命的孔雀並不遷就。僅僅爲了保護羽毛的完美，牠選一株高些的枯木，立身其上，睜著雙眼，徹夜不眠。這種行爲，於人類是不可理喻的，於動物也是不可仿效的。儘管有痴情的雌鳥一同落下，在旁邊依偎做伴，牠仍然被如此的夜不能寐折磨，漸漸身心交瘁。黑暗裡牠有時孤獨地開屏，默默地注視著渾沌六合。然後勾過柔頸，梳理著背上的金碧、藍綠的尾屏。據說那時的樹林會幻變，在那種時刻有幸靠近一窺的人，能看見塗金鍍銀的梧桐森林。

七

不少人聽說過，有一首藏之山野的好詩，它不肯出世。但是人們聽說了它，代代追求，爲了得到它不惜嘔心瀝血。有過一些詩人，由於苦心渴求，幾幾靠近了它。他們形同中毒，得句不合時尙，發想抵觸衆人。節祭集會時，他們不能與人唱和；同仁切磋時，他們不能與人答問。他們放浪空山曠野，獨自吟誦久了，不覺又淒然落淚。因爲他們心中明白：自己並沒有獲得那首詩篇。

有一個放羊的小孩，性情快活，喜歡大聲唱歌。他的歌唱得非常動聽，據說連羊群聽著都會忘了吃草。放羊孩子聽說了詩的故事，他被深深迷住了，每天都對著大山訴說祈求。他對著大山高聲吶喊，群山回響著，聲浪遙遠又縹緲。他傾聽著，捕捉著，想記住這空谷絕音。

謠傳憑空而起，外面傳說山裡某處埋著一個鐵函，裡面鎖著那卷神詩。暴君也聽說了，爲要搶奪神詩，大兵進駐了山裡。不用說，詩自然是不會這樣出世的。暴君得不到神詩，就把放羊孩子殺掉，把村莊付之一炬。

奇蹟出現了。以後每逢大火點燃，群山就如同甦醒。在連山之巔，顯示出一線炫目的光，同時從山腹向四方六合傳出動靜，送來一片天籟般的音響。

人們說，它就是那首詩。

從石壕村到深井里

那是幾年前，也在同樣的乾燥冬日，我們在大道上奔波時，誰偶爾說到了石壕村，「就在前面不遠」。同行夥伴聽了大喜，於是減低奔命似的車速，留意路上的字跡標誌。時光正近薄暮，暮投石壕村，老婦出看門。當年杜甫投過的主家，是好奇的過客能尋訪的唯一線索。

那一家人居然還有後代，只是不知遷到了哪裡。唐時古宿當然已無蹤影，村民們引過客到「老婦」的遺屋院內，就算完成了導遊。

也就是說，一兩代人以內，遠不過民國年間，石壕村民尚在議論杜甫投宿、一篇詩流傳千古一事。有人承認祖宗爲店戶，且得到一村人的認同。站在小院當中，見窗櫺漆剝，石磨閒置，門框掛些紅辣子，一串串鮮紅而又蒙滿塵垢。品味（該說是勉強背誦）那幾句詩，覺得這家人仍然該是開店爲業，否則杜甫便是錯過宿處借農家，多少出乎情理。

「這院就是那家的！老漢跳牆跳的是不是這？那不敢說。」院裡一土色農民，笑著介紹。我則一心盤算留個影。忽見迎面牆上掛著塊小黑板，不知是孩子練生字用的還是生產隊算帳用的——我揑塊粉筆頭，在黑板上寫了「石壕村」三字。

然後我們一行朋友，擠在那小黑板下，合了一張石壕村照。暮色眞地襲來了，骯髒的小村，被鐵路公路的煤灰粉塵塗抹得黑灰懶舊。我猛然悟到，爲什麼一入河南河北，見人便覺得面如土色如灰了。日夜任一條古今通衢瘋狂轟鳴，耳朵和神經百年不變地忍受折磨，何止人乏累不堪，連村落也要皮剝骨散了。

可是，無論同灰髒面孔的農民攀談，無論在小黑板上用粉筆寫村名，無論在後來悵惘地離開石壕村沒有再來——我心裡總在咀嚼杜甫的那首小詩。它近乎白話，童叟可讀，竟然一經傳世就是千數百年。這是爲什麼呢？「暮投石壕村，有吏夜捉人。老翁踰牆走，老婦出看門。吏呼一何怒！婦啼一何苦！聽婦前致辭……」

我默誦著，望著濃暗下來的天色。天黑了，就不用再看噁心的隴海線兩岸的廁所式建築，不用再爲萎瑣的灰色表情煩躁。小小村落已是在用它最後的氣力，堅持著火星般的這一丁點記憶。

車愈馳愈快，石壕村愈離愈遠。那嚮導的憨憨農民，那不知蹤影的「老婦」一族，那已經不願標榜姓名的小村莊，都永別一般溶消在一派黑暗裡。好像它們在我背後說：村子消失了，那一家人消失了，歷史也消失了，只有那一篇詩活著。

同樣的乏味風景又一字排開。如今若想呼吸幾口清新之氣，先要憋住氣，從北京南下，直至洛陽，忍住滿眼的廁所磚、方塊樓、滿耳的嘈雜下賤之聲、滿鼻子的廢氣熱浪，忍住了這千里折磨之後，再睜開眼睛呼吸空氣，再試試自己旅行的運氣。

自北京向南跳躍千里，風景在升起的山巒影像中復活。太行，王屋，次第聳起的崇山野嶺清貧蒼茫，駁雜有火紅的黃楝秋葉。

車路引向山西。我是濟南人，尋覓到濟源，讓人驚愕的，是濟源一帶交通的發達。屈原有句：「朝發軔於天津兮，夕餘至乎西極。」如今高速路上，雖然並無那樣美感，卻也是朝發南陽，夕至濟源，昨夜王屋飄渺如夢，今日王屋緩緩升起，迎頭擋路。

與朋友們閒談著這些今昔感慨，忽然見一路標：「東軹城6公里」。

我大吃一驚！幾乎忘得乾乾淨淨，我自童年起便一直心儀，至成人後幾次執筆描摹，我崇敬的古代中國精神——司馬遷在〈刺客列傳〉中細致記錄過的聶政，其故鄉就近在六公里處！

我一把扳住司機的肩頭：「左轉！」

果然，六公里過軹國殘城遺址，稍一問，西軹城尚有幾步。過一石橋，田野間一拐，一座古墓封土便映人眼簾。

封土堆南有一小院。正打算叩門問路，一推門，猛地一副對聯跳出：「聶公英靈垂（青史），除暴安民貫古今」。心突然激動難忍，再邁一步進院，又一副對聯寫的是：「人生自古誰無死，留取丹心照汗青」！

同伴感慨地說：這裡的句子都和別處不同。有趣的是，這座聶政祠和幾年前去過的石壕村一樣，也是廂房住著農民，正屋供奉念想。和石壕村不同的是，聶政祠的農民自發募捐，已經爲聶政一家塑像立祠，刻碑護墓了。

在聶母和姊聶瑩的彩塑之間，聶政被塑得粗糙而天眞，一見簡陋，卻耐人看：他通紅的臉上不知是膚色還是鮮血，一雙大眼炯炯，眼神單純而坦蕩。我凝視著這三尊像，心裡不知是什麼滋味。於是隨便說了句：「該有一把寶劍。」不料旁邊老漢搖頭說：「他使的不是劍。」

我聽了一怔，趕快刮目再看這位農民老漢。他完全無法貌相，平平凡凡，頭髮花白，話語不多。

後來不覺間多在想聶政的姊姊。確實，她使這個刺客故事洩露的人情，如今回蕩在小小的院子裡。

小院裡有幾通新舊碑石。我仔細讀了九五年的新碑。作者署名北岸，以六行字（大約兩百字）勾勒如此人物，居然沉穩周到，句句大氣。特別是束尾：「余以爲聶政一屠夫耳，所以名垂後世者，在其人格。士遇知己，感恩圖報，仗劍而行，志在必達……」使我吟味不已。

離開時一腳踏著門檻，同伴故意又問了老漢一句：「爲啥非塑他姊姊的像呢？」花白頭髮的農民老漢不假思索地答道：「沒有他姊姊哪有他的名！」

看來，這裡的人們早把聶政的故事反覆揣摩透了。還想問問農民們對「恐怖主義者」的見解，但是似乎有什麼不妥，我們不敢再多說，就這樣離開了聶政的墓與祠堂。濟源的遠山已經朦朧可辨，轉瞬過了東西軹城，過了6公里的路牌時，我猛然想到——

聶政祠墓，他的葬處，是不是《史記》所說的深井里呢？

該向那花白頭髮的老漢問上一句。無疑他知道得一清二楚。想著不覺苦笑：也就是說，這個地方，我至少還要再來一次。遐想之間，車子已經轉彎，回到了指向濟源通向山西的大道上。

公路幹線上，車馬風馳電掣。迎臉撲打著激烈的風，呼呼嗚叫不歇。無論是離開深井里，還是離開石壕村時，人都會有一種稀罕的感覺。它們太蒼涼太壯闊，如今已經不能企及。但是它們又確實存在，里程精準，泥土新鮮。

隆冬出門，又無降雪，景色是肅殺又無聊的。幸虧滿地遮蓋的廁所式建築中，散在著石壕、深井這樣的去處——它們使人永遠不能否定這塊土地，而且如同著魔，總打算背上行囊走過去。

天道立秋

一九九〇年立秋日，是個神秘的日子。

年復一年地，北京人漸漸開始從春末就恐怖地等著入伏。一天天地熬，直到今年是一刻刻地熬。長長無盡的北京苦夏，在這一回簡直到了極致。

一點一點地捱著時間；無法讀書，無法伏案。不僅是在白晝，夜也是潮悶難言，漆黑中的灼烤實在是太可怕了。

我有時獨自坐在這種黑熱裡，像一塊熄了不多時的爐膛裡的燒燼，心尖有一塊紅紅的煤火，永無停止地折磨著自己。似乎又全靠著它，人才能與這巨大的黑熱抗衡。久久坐著，像是對峙，汗流浹背之中，自覺頰上冷笑。

天亮以後幾個時辰，大地便又墮入凶狠的爆烤。雨沒有用；在路上奔走著，眼見雨點也像熱水濺落著。雨衣裡面的汗浸透了衣衫，不知爲什麼人偏還要穿著雨衣。

有誰能盡知我們的苦夏呢？

街上老外，滿臉愚蠢和汗水。

度夏的滋味，中國人是說不出的。

後來愈熱愈烈，我幾幾絕望。再這樣熱下去，連我也懷疑沒有天理了。

可是，那一天是立秋。上午我麻木地走進太陽的爆烤，心裡全是關於日曬和夏天的回憶。內蒙大草原上夏季的紫外線像顏料一樣，大半個下午就能把臉頰染紅。有一年我們在草地上搭圈，一個從北京回來的知識青年來了，大家都笑：一群紅臉蛋中只他一個小白臉。第二天，他也紅了。自那時我懂了紫外線的灼傷。

但是那種灼傷皮膚的紫外線決不像北京的夏日。北京的暑熱是醜惡的、折磨的、陰險的，讓人恨但是說不盡緣由。這麼想著，我走在白晃晃的陽光裡，心中麻木了一些，熱煩便減弱了一分。所以，那個時刻來臨時，我沒有太留心。我已經不信任節氣，不相信北京今年夏天還能立秋，我已經決心和這個毒日頭熬到底了。古詩云：時日曷喪，予及汝偕亡；我如今品出了那詩味來了。那個時刻應當記下來，但又毫無記一筆的必要：家家戶戶的月份牌和掛曆上都印著——一九九〇年八月八日，立秋。可是我沒有半點預感。我沒有任何對於它的期待，沒有想像那種享受。在久久的煎熬中，預感與靈性，以及想像，都眞的萎蔫了。

火一樣的上午，過去了。

中午時我還是沒有預感。只是拼命做著自己最愛做的一件事。這是一種唯一的度命方式；沉沉地抓緊，竭力地證明。在恐怖的酷熱中，一切都呈著殘酷感，但又呈著難言的美。這件事是我的宗教儀禮，身心都純淨透明，儘管覺得生命驟然消耗了。

走進下午的陽光時，我看見人的影子在蠕動。我覺得勝利的感覺浮在自己頰上。生命又戰勝了，我默想，這樣活著如同戰士。

下午的陽光開始顯得五彩繽紛，美麗得讓人忘卻了殘酷，異想天開地看見一絲溫柔。如同一個在四面戈壁沙漠中的扳道工，突然聽見身後傳來一聲低低的、女性的喚聲一樣。即使如此——在那個瞬間裡我也並沒有意識到它。

突然覺出「涼爽」時的一刹那，我怔了一怔。那低低的喚聲正陰柔地浸漫而來，一瞬之間，不可思議，永遠汗流浹背的身體乾了。我吃驚地四顧；發現行人們——北京人們都在彼此顧盼。接著，滿樹葉子在高空抖動了，並沒有風，只是樹杈間傳來一個訊號。我差一點喊出聲來，一切是這樣猝不及防，只在那分秒之間，涼爽的空氣便充斥了天地人間。

我幾乎想落淚。久久的苦熬居然眞能結束，立秋是眞實的。只這樣怔了一刹那，天空中那涼爽開始疾疾運行。如同有一只無形的巨手，按動了一個無形的天道的開關，把憐憫和公正一同隨著涼爽送進了這個苦難世界。藍天頓失了那種眩目的光亮，此刻藍色純正。風升得更高，連梢尖上的葉片也在凝思——但是湧湧的涼爽漫天蓋地而來，在這一個時刻之中消除了全部往昔的苦熱。

我感動地站在大街正中。

我在沉默著吶喊。我是證人，我證明天理的眞實。涼爽溶化著撫摸著我。它是證人，它證明我堅持到了今天。

立秋……中國簡練的總結呵。那個時刻裡我突然懂得了古典的意味。古人的遭遇，古人的忍耐，古人的感受與判斷，以及古人的劃分與總結。立秋二字，區別涼熱，指示規律，它年復一年地告訴我們這些愚鈍的後人——天道有序，一切都在更大的掌握之中。

從那天立秋以後，應該說，是從那一刻立秋之後，我和北京人便享受著涼爽的快感。人人都心平氣和了，等著下一個更痛快的節氣。同南方北方的人們交流，大都感受略同。立秋律，執法全部中國。聽說，有個老外在立秋那天激動地說：你們中國人的節氣眞棒！我想，這也許是最後一點能教訓老外的事了。

回想以前許多年都沒有留心。年年立秋，我都沒有感性。也許是從未經歷過這樣一個殘酷的苦夏吧，也許是因爲從小缺少關於天道的教育。

沐浴著廣袤無際、陰柔輕曼的涼爽，我久久感動著。從那立秋的時刻至今，我每一天每一瞬都意識著這秋之偉力。我不再遲鈍，不錯分毫，我用感官和心，一點一點地品味著、記錄著。我想證明——天道的存在；但我已經預感到證明的艱難。

因爲，中國早就證明完畢，而且語言簡練至極，僅僅用了兩個字。

忘掉了絲綢之路

若不是偶爾想起《西行漫記》，想起斯諾對它的描寫，我是絕不會對預旺感興趣的。預旺只是一個村子，充其量是個凋敝的鎮子，哪怕它曾是邊區一縣，我是不會專程看它去的。

上述念頭並沒有形狀，甚至它從來沒有出現在我的腦際。但正因此它是「下意識」，我的興奮在南方，在西海固那匪性十足又樸實拙笨的大山之中。交通線於我早已退化成抵達前的折磨；我匆匆奔去，默念著些無名的地名，完全不顧側後的預旺，不顧預旺一線坐落的古鎮韋州，不顧那條被廢棄忽視了的大川——它是古代的通道啊。

間或聽誰提及韋州等地方。咦，那可是磚包的古城，千年的古寺！我只懶懶地一抬眼，問一聲：在哪？聽著人興沖沖地介紹，說些韋州怎麼古，預旺怎麼老，卻沒心思搭腔。

我使勁地伸直腰，湛藍的晴空靜靜在上。應說過不少瞬間我考慮過去勘查一番。但要知道那一樣也要下大功夫。算啦。算了嗎？好像在某種時刻我也重複地自問過：要歷史，還是要現實？

平心靜氣地總結的話，該說——後來的我，不是捨棄了歷史也不是厚今薄古，而是完完全全地「忘了」，我後來忘掉了所謂歷史世界。我恍惚又亢奮，圓睜兩眼，瞪著北周墓、須彌山，腦中一片空白，好像自己根本不曾幹過什麼考古隊員，好像自己從來沒有在新疆火燙的驕陽裡，用手指從沙土裡刨著一小片「絲綢之路」上的瓷片！……

如今回想著，只覺得古怪。

十多年的時光裡，我一直身在絲綢之路——這個概念其實是個不嚴謹的文學概念，應當說是在古通道——的一段上，穿梭奔波，訪奇問能，進村下鄉。我不同於考古的年輕時代，那時我不是走在路上，而是住進了道裡。可是考古學的發掘——那是一種多麼深刻的方法，我怎麼能住在安西王阿難答的份地而無動於衷，怎能站在與預旺只隔一個黃土峁的鎖家岔子卻視而不見——連美國人埃德加·斯諾都曾「在預旺堡高高結實的城牆上，越過寧夏平原，眺望蒙古」！

我有些吃驚。我是不願失去喜愛的歷史學呢還是不願變得單調？

道路、古蹟、事實、人生，其實這四者必須循著一個合理的邏輯。秀才須出門，才知天下事，唯有兩腳沾上泥巴，或能知其一二。心懶足疾的酸書呆子，其實什麼也不知道。但推開門戶撲面有風就夠了嗎？不，還要懷著一些分析的能力。再數一遍：道路、古蹟、事實、人生。它們互證互疑，互作邏輯。在緊要處篩選再三，在必要時奔波數千里爲見一人、爲求一語——我怎麼又陷入了囈語？

學著斯諾，我也眺望著——向北眺望斯諾所說的「長城和歷史性的蒙古草原」，向南眺望著紅軍彭德懷的司令部，「古老的回民城池」預旺堡。

凝望中，興趣悄悄地浮上來了。

它與我這麼多年走慣的那條路——隔一道山，從北向南，首尾併行。只不過，我常走的那條路是農民搭班車走的公家官路——而被我忽視的這一條，隱蔽沉默地隔著一條東山與我併行的這條路，卻是歷史古道。

除開交通角度，從地形上說，它是一道大川。浩浩莽莽，煙村不斷，兩翼都一字排開著淡黃色的山影——若是近前追究，西山說我連著天下的西海固，我貧瘠甲天下；東山說我通向陝北連著沙漠，荒涼還能比過我嗎？兩道山夾著的平川裡，坐落著一串的城鎮。

好一條通路，我不出聲地稱奇，它居然被我視而不見，一連十幾年。原來出了靈州，也就是出了渠閘橋堡的黃河灌區，敞懷迎著的世界是大小羅山東坡下的莊子，而不是枸杞子的產地中寧中衛。這片農村很隱蔽，因爲一條路衰落了。

所以韋州有古老的大寺，有玲瓏的寶塔，雖已淪爲鄉鎮，不改莊嚴的州名。當然要害關口有關有寨，下馬關附近烽火台一座連一座，讓人轉念便想到不遠的阿拉善草原。這麼望著，心裡覺得熱鬧起來。

確實，我去過賀蘭山北麓的阿拉善——那架著名的山脈，簡直薄得像一層牆。一頓茶的工夫，就能從寧夏的清眞寺，跳到滿耳蒙古語的沙漠牧場裡。這種轉瞬就能改變置身其中的環境，一邁腳就能跨過地理、民族、文化的障壁的感覺，從賀蘭山到下馬關，清晰地伴著自己。

再向南，就是斯諾和紅軍住過的預旺。再接著順路南下，還有殘存著一個流罪故事的瓦亭驛，還有強制遷徙安置叛民的平涼行營，從那裡通向甘肅南部，通向黃花川和張家川和窮鄉僻壤。

和一夥快活的年輕人走在鎖家岔子的黃土峁上，一面望遠一面想心事。太陽不見，可是天空湛藍。愈是乾旱的絕產山區，天愈藍。沒有工業當然也沒有環境污染，因爲這兒不是「環境」，這兒是生存的絕境邊緣。頂著瓦藍清澈的天空，我們一夥兄弟在黃土峁上急急行走。鎖家岔子大山裡的小夥子長得紅臉膛濃眉毛，一個個都特別愛笑。我們去看四月八太爺當滿拉時的窯洞——不不，再也不要給這狗頓亞講故事啦！

我想，人們就是如此的不同，毫無辦法。你揭露歷史上兩百年前的官府罪行，他說你這是文化冒險主義、道德理想主義。我們之間需要幾道轉彎的翻譯，語言確實不同，恐怕骨頭和血也不同。

雙腳蹚起焦乾的土皮——峁上曬酥的黃土再被受苦的農民踩過幾遍，土會結一層黑黃的薄皮。疾疾走著，焦脆的黑黃土皮在腳下破碎，不遠處就是漢唐的烽燧。

斯諾住在那莊子裡的時候，他也是選擇了現實，放棄了歷史。否則——他若是對歷史感興趣，會聽到哲合忍耶的淒慘故事嗎？那個美國人對於今天的美國也是需要「重譯」的，今天的美國人正在折磨伊拉克，還有誰爲一支襤褸的農民軍說話。

這樣想著，心裡覺得有趣。好吧，讓我們回到考古，我可以馬上走完從阿拉善草原越過賀蘭山南下靈州，再經過韋州預旺到達西安的古道。我還可以立即實行天山北麓和南緣的兩股絲綢之路的再考察。眞是的，沙寨，石溝，忘掉了絲綢之路。這樣逆向的學習，是我在大學和研究生院想像過的嗎？我這麼想著，就覺得視野裡鮮亮灼目地升起了歷史，它那麼清晰，面含微笑，好像一直都悄悄地伏在那裡，和我隔著一條山梁。

我把它忘得那麼徹底乾淨。不僅如此，我已經到了庫車不去看千佛洞，住在喀什不去看班超城——我猛然想起自己的學業恩師，翁獨健先生會怎樣？在這眞正的試卷盡頭，他會給他的私淑弟子怎樣的分數呢？

我喊住了同行的夥伴們。

「坐一會兒，緩一緩。」我對他們一頭說著一頭坐在黃土山頭上。天空地闊，茫茫的黃土浪頭和藍瑩瑩的天，在交匯處化成一線白熾。年輕人們，即使在黃土峁上也不安分，一會兒便笑鬧著跑遠了。

我獨自坐在上頭。俯瞰下去，遠處下面的他們圍做一堆，人影小小的。那群小人蹦跳、蠕動，頭上的小帽像一個個白點。

趁這歇息的時辰，我又由北向南地，把這條古道的上下仔細看了一遍。消失在天盡頭的烽火台，蜿蜒在山谷外的羊腸道，村子，寺，焦焦的坡地，都沒有變。不管我是想著絲綢之道還是想著百姓生計，這天下都沒有變。

墨寶和紀念照

他是我在這個世界裡結識的第一個長者。

傳說他六歲那年大災荒，他父母拖著一家逃荒到了白崖，再掙扎不動了。據說大人把六歲的他扔在清眞寺門口，對阿訇說了句「您能養就養上，養不了就撇了吧」，然後就拉扯著骨頭壯些的幾個逃命走了。

阿訇看著奄奄一息的他，嘆口氣，牽了他的手進了水房。一個水沖下來，他就從那個六歲一直到九十歲，在清眞寺裡度過了一生。

我在一個山深地僻的地方初次拜見他，想聽聽他十八年冤獄的故事。他神情嚴厲，一字不談自己，給了斬釘截鐵的三句話：一、公家說落實政策；二、政策還沒落實；三、蘭州拱北的政策必須落實。「你是中央的記者，你去說。」他言畢就不再開口。

蘭州拱北被落實政策歸還回民以後，九省民衆舉行了盛大的慶典。他調任蘭州看守拱北，我在人頭鑽動的人海中重逢了他。一股信賴在我們之間油然而生，雖然那時我純屬一個外道浪子。我們在白布苫起的經亭前合影一幀，急急在照相館印了，我請他在相片反面簽個字。他說：漢字我寫不來，給寫個經名字吧。留下了一行蝌蚪文經字。

在激動的催迫中我變了，從裝束到內裡。他穩如泰山，坐鎮蘭州不動。慢慢我聽到的多了，包括他並不言及的。他有著擔任民衆一方的首席談判代表，與官方各級大員交涉歸還蘭州拱北的經歷。

被清朝政府於一七八一年殺害於蘭州城頭的、清廉的宗教導師馬明心的遺骨，在這次談判後回到了民衆的掌握之中。那次談判順利結束後雙方照了一張大合影。排排的西服革履之中，屹立著農民打扮的他。

這使我崇敬至極，我不知多少次凝視那張照片，拉著老阿訇的手，心裡禁不住一種歡喜。

我說：老阿訇，您給我寫個字吧！我拿上走北京裝個鏡框，掛在我屋牆上哩。

我從不收藏誰的墨跡。那一天我才明白，是我沒有遇上值得我收藏的人。老阿訇心情也好，難見笑容的臉龐鬆弛以後，他的和藹那麼動人。我興致勃勃找出一張硬紙，灰藍色的，不黏墨。又找出一張大紅紙，「那就寫個東海達依！」我叫著。

他戴上老花鏡，取了最粗一支竹筆。於是，殉道，一個最莊嚴和決絕的詞，就在這雙西海固老人的手中，濃重地寫成了。

那是哪一年？白布搭起的經亭已經變成了建築中的水泥結構。離別時我們又去合影，記得他拉著我的手，默默走到，轉過身來，對準照相機。——從位置到姿勢，前後兩次都一絲不變。若是他能再等我幾年，我們就能在竣工建成的拱北前，使這一組時光中的照片全美。

那闕如的第三幅裡我會是怎樣呢？不知道，只知自己正學著他的蝌蚪文，只知我已經能獻給他一份答卷。那不存在的第三張照片中的他，又會是怎樣的呢？無疑，他依然如石頭穩穩不動，如他生命依托的白崖大山，蒼涼而樸素。

時光飛逝。那麼多人圍著我走馬燈般地去留，那麼多阿訇被發現並不虔誠。只有老阿訇使我永遠難忘；我常回憶他，體會他的作派，琢磨他的處世，欣賞他的脾氣。我更常常琢磨，一個並未殉教但是堅守了一生的人，寫下的「東海達依」一詞，也許更有深味。

奔赴休息

一

列車進站之前我就等在門前。那乘務員卻提著鑰匙走開了，我忍著心裡的煩躁，等著晃當晃當的轟響結束。車外一片漆黑，這座小城的火車站沒有那種雪亮的站台。搖晃中突然一震，列車停在了黑暗中。我有些吃驚，擔心車沒有駛進月台。而那個慢條斯理的列車員卻拉開了車門，凜冽的、大西北的夜風一湧而進。我正想問一句，突然幾個人頭跑近來。我覺得其中一個像是川里，猶疑間，他手一抬，唰地一道閃光照來，我和他同時互相認出。我大吼一聲：川里！……他的捏著相機的手臂落了下來，向我道了禮節。一夥子他的滿拉團團圍住車門，那列車員目瞪口呆地望著我們，看我手上肩上的包包被一群白帽青年一搶而空。

一股像是委屈似的感動，伴著突然襲來的輕鬆和疲憊，淹漲上頭頂。我心裡對自己說，總算到了，我要休息了。

我悠閒地，欣賞般地瞟著他們。寺裡正在辦婦女掃盲班，滿拉們拖著腔慢慢地念上一句，老太婆媳婦子們便高低不等七上八下地嚷上一片。我聽了一陣，覺得有趣，又突兀聯想到龜兔賽跑的故事，心想老太婆們還要好好追一陣才追得上我。睏意襲上來，我鑽進爲我鋪好的潔淨的被窩，眼前閃過兔子打呵欠的形象，不禁獨自笑了。正是上午八點，庭院直到外面的乾灘戈壁，遠近一派寂靜。掃盲班的朗朗讀書聲一浪一浪，我像被催眠施法，沉沉地睡熟了。

歇息了兩遍以後，再來端詳小寺。這裡是一種荒漠和水田兼容的天地，若不熟知掌故，左手千里枯黃直讓人錯以爲到了沙漠奧深，右翼又是渠閘密布水網如織一派南國景象。寺門抵靠一條熱鬧的市街，後牆卻連著綿延的荒漠。包蘭鐵路遙遙貫穿，偶爾的汽笛聲，倏忽便被死寂的曠野吞沒。

我喜歡這種地理位置。閃挪一步，我就能乘鐵路線的不備，一腳踏入農村。移動轉徙時，我又能一夜未明之間，就跳過兩三個省的邊界。而大陸腹心的這小小一點，這個聚落，這座寺，這些淳樸的人，是我的兄弟。

臨街有一爿店鋪，賣日用雜物，兼公用電話。鋪面小，用店主人的話說，只掙一缸子茶水錢。《水滸傳》上的旱地忽律朱貴，不是就在水泊梁山外頭開一爿店麼？他也一樣。我把長途電話打到旱地忽律的日用雜貨鋪，神不知，鬼不覺，炕頭上爲我準備的乾淨被子已經鋪好了，炕桌上的釅茶已經給我沏上了。

我靠著早地忽律朱貴的玻璃貨櫃，高興地看著店主人老兩口。他倆正圍著一盆餡，給我包餃子。不時有來買衛生紙或者打醬醋的人，沒有一個留意正包餃子的我們。買東西的人推門離開以後就消失在外面，我想，就像我消失在這裡。這是多麼平凡、又是多麼隱秘的地方啊。

斜倚著殿上的立杜，我竭力靠得舒服些。正是齋月的第一夜，我要美美地聽一陣川里弟弟的講道。在半個中國裡我對這種講演已經聽得耳熟能詳，叫作瓦爾茲的這種講演很有講究，無論誰講，都必須循著經典、持身、證明、因果的一個邏輯。新派講法往往扯到物理哲學世風日下，舊式講法則沉湎於經典的推證以及敘述本身的成立。加之政治環境的限制，主題永遠是車轂轆般地勸人從善，所以聽瓦爾茲如品茗：並不是要聽出個見識高下微言大義，而只是要聽一個滴水不漏一圈轉圓。換句話說，內行的聽門道，這所謂門道不是煽動尖銳熱情正義，而僅僅是在已知的經典和已知的答案中，完成一個非常玄奧的論證。

不能再解釋，給瓦爾茲下定義並不這麼簡單。川里弟在台上正穩重地講著，抑揚頓挫。我特別喜歡在他們「繞」在話裡掙脫不出來的時候，盯住了看最後他們怎麼繞出來，那種時候是考驗阿訇的邏輯條理，也是考驗他們的聰明靈活的時候。

而川里弟講得速度勻稱，線條簡單。他的語言裡，已經沒有了前些年那種俏皮。聽著察覺到，他已然一副大人氣，褪了一分活潑。我欣賞著，微微感慨。但是他的瓦爾茲離開了那張糾纏的網，講得和西北各地常見的幾種套路都有些不同。我漸漸發現：在磨難之間，在離別之間，他的思路和語言都在傾向樸素。

意識到這一點以後，不知爲什麼心裡高興，我把身子靠得更舒服些，索性捉摸他的講演。心裡想，他還可以更樸素簡化一些，他其實只講一個概念就夠了……窗外暮靄落盡，黑暗升滿，不時響起大西北隆冬的夜風呼號。

躺在他的炕上，狠狠伸直兩條腿。一夜，又是一夜，我倆細致地談著各種事情，倦意什麼時候把我們拖入睡夢，就不知道了。

白天大多出門去，也偶爾應酬一下來客。我總是睡不夠，有時迷糊中聽見人在屋裡談話，顯然是爲我壓低了聲音。我便索性裝睡。來的是誰呢？若是幾個好人，不起身見見會不會失禮呢？而他們的嗓音濃重地滿是西北腔調，壓低了像是沙啞的音樂，陣陣送人耳中，使我更加安心，不覺間又睡沉了。

散步時順著一條古老的水渠。那一年夏初渠裡盈滿著緩緩淌著的水。記得渠頭一座石閘，鐫刻著灌溉的典故。我和川里弟且談且走，沿著渠埂上成排的枯樹。遠近是暖融冬日的原野，土素的村影，朦朧而沉默。

石閘束著兩道渠。我倆是順著秦渠蹚來的，跳一步，返回時沿漢渠走。不用說秦漢早已失傳，連百年前鎮壓時剩下的一堆白骨，僅僅隔了這麼幾年，這回也尋不見了。

田野裡散了步回家，我被娃娃們一團圍上，擁到炕桌上檢查作文。不知因爲我的心情好還是因爲娃娃靈性好，老二的文章讀來清新撲面。我一誇獎，姊姊急了，立即蹬自行車走學校取作文本。趁這空兒，漂亮的三女兒怯生生遞過自己的本本：「語文本，沒作文。」我說，語文也要檢查。然後一頁頁翻，找出來兩個錯字，「抄上……二十遍吧！」我寬容地說。

老人們把我引到另一間屋，沏上蓋碗茶。唉，和老人談什麼好呢？這些年有那麼多事！老人們更想不起個話題，只是樂得閉不上嘴。離家回寺那會兒，大女兒喘吁吁地回來了。老師不在學校，教室鎖著，作文本沒有取回來。我剛順口說沒關係，卻見她眼中充滿眞正的失望。心裡掠過一絲感動。而這時，三女兒卻悄悄地提醒我：那兩個字的二十遍，已經抄完了。

回到寺裡，又吃了一頓噴香的羊肉拌麵。裡外事畢，新茶泡上，照例的夜談還未開始。一日在田野裡走過，滿眼見的都是友善樸實的人，到了晚間心裡熨貼舒服。

睡下前披衣小解，站在寺側的崖畔。漆黑的高天，在深遠處峻急地走著銳厲的風號，像是提醒自己世間的眞實。鄉村已經早早安歇，低平的曠野在暗中一聲不發，只有偶爾的燈火。

回到屋裡，川里弟正微笑著等候。炕桌揩得明淨，上面擺著四只盤子，黑白瓜子，香蕉和梨。我不吃，只喝茶，慢慢地接著扯我們永遠說不完的心事。後來鑽進被窩，躺得舒展，再接著談。從娃娃上學、翻修房子談到樣樣大事，從十年前的回憶談到將來的估計。

外間滿拉們已經睡得香甜。鼾聲隔牆傳來，屋裡的氣氛安全又神秘。我胸中湧起一股激動，突然起身，討了筆墨，寫了兩句字：「那感悟的時刻，這珍貴的情義。」

寫罷簽上名字，端詳著覺得沒寫好。弟弟卻喜笑顏開，一連地道謝。熄了燈，打個呵欠，決定睡前，稍稍算了一下：在這裡日日休閒、夜夜安睡已經是第七天。我獲得了多麼快意的休息！奔波幾千里，我來這兒休息……念中沉沉地這麼想著，漸漸又感到自己被黑黑的暖和裹住了，愈來愈暖，愈來愈甜，愈來愈深。

夢中雜亂地看見了秦渠漢渠、作文本子，還有旱地忽律；夢中依稀又聽見了那沙啞的西北口音，壓低了像一支古拙的音樂。不知是不是有人來了，我想。不用起來，美美睡吧，於是那低低的伴唱便引著我，向著黑暗甜美的深淵，繼續沉沒下去。

弟弟們

在家裡我是獨子，小時候和人打架缺少幫手，一直讓我煩惱。可是連我自己也沒有料到，走進社會以後，人在中年卻結識了許多宛似同胞的兄弟。他們逐漸增多，各有特點，但是都活潑爽朗，對我關心愛護。

我在他們陪伴下，在大西北的廣袤土地上如魚在水。我向他們學知識、問解數、念經文、了解社會。他們陪我上路、上山下鄉、探親訪友、進村入寺，使我的長旅安全而生動，使我的孤單病，十來年裡奇怪地不治而癒了。

進祥弟。他喜歡把遼闊的河州四鄉，那十萬莽莽的旱渴大山，當作自家園子讓我參觀。十幾年前我若是動過一念想過去哪兒，十幾年後我早忘了他卻惦著，一再提醒我可以去了。他爲了我的尋尋覓覓，連父母兩位老人都動員過，我分別和兩位老人在河州的山野裡同車奔波，眞難爲了老人，心裡至今抱著歉意。

進祥弟擅長人際周旋。他像每個從底層出世的年輕人，對社會和人有著深刻的掌握。我隨他去河州，或者去甘肅任何地方都很輕鬆，他安排一切，然後披著他的皮夾克，背靠自家園子一般背靠著黃土大山，給我滔滔不絕地講解。有時我也陣陣迷糊，好像對面的茫茫大山眞的歸他所有，只要我倆想，願意去哪兒就可以去哪兒。

我們不常見面，想念得太多了，通電話也不過是三句兩句。他說：我恨那個電話，有了那個東西就念不上你的信了！你還記得你給我寫過什麼嗎？

我聽得默默無言。我確實記不清了。也許我記著的只有一點，那就是必要時我有弟弟可以依靠。

川里弟。他如今是阿訇，當年是滿拉，其實本質上是個學者的胎子，天生的研究家。那時他還沒有今天這麼顯眼的漢文，就給我抄過材料。我的興趣是刺蝟式的，不知會突然問到哪兒；他漸漸變得敏捷靈活，一邊給我講一邊迅速捕捉我的思路。我作爲學生可不是好教的，我很快又問及了阿拉伯文——川里弟對答如流順手寫下的每個阿文詞彙，後來的事實證明，沒有一個錯字。

我和川里弟在寧夏川考古，訪遍了偌大一片世界裡的鄉間名士。川里弟本身就有相當大的名聲，這自然使我的尋求大得方便。後來聽說他一進京便考取了埃及使館口試的進修生，我毫不意外，他缺的只是機遇；給他一分條件，他從來會汲取出三分。

共同感情當然是友誼的基礎。我和川里弟調查時，看見同治年間被屠殺的民衆的白骨，經過一百年淘涮仍然堆積如丘。那激動是不易形容的。既然稱兄道弟，總要有一個基礎。那堆白骨帶給我們的刺激，就是這個基礎。

川里弟天生的學者命。學者在阿文中叫阿林，其實就是阿訇。有一陣子他居然一個人同時負責兩座清眞寺，兩處的百姓都非他不請。我聽了寫信勸他只管離家近的那一座，因爲我聽著他那麼忙，自己先覺得累。

虎兒弟。念過經可是害怕當阿訇，和川里弟正好相反。他活潑愛玩，大娃娃臉，身高一米八。姑娘們成隊地跟在屁股後面追，讓小夥子挑得兩眼昏花。一見他那天眞無邪的笑容，誰能不喜歡呢？其實他是個有著豐富打架史的錘頭。我去南疆，虎兒弟來纏：大哥帶上我吧。我忖思路上正亂，帶上他，講經、外交、自衛都是把幫手。於是我們一塊度過了讓人心蕩神馳的天方夜譚之旅。

至今我還常常接到虎兒弟電話；我們之間要說的很多，說罷了他總要問問我的出遊打算。我猜，他的玩心還沒有散，一定是在電話那一頭，盤算著能否跟上再玩一趟。

女朋友終於定下來了：一個苗條勤快的小姑娘。我盼他倆快點結婚，省得我總看著他們在BP機上卿卿我我。不過我的心情也複雜，他那幫小夥子若都成了家，我就少了旅行時的落腳處。那年在虎兒弟的同學「經理」家他們深夜宰羊，給我開了一個「退役滿拉燭光晚會」。

三英弟則是嚴峻型滿拉，不消說如今也當上了阿訇。他坐在一夥猴子般不老實的同學當中，獨自一個不苟言笑。在一次和我對面的時候，他黑虎般地突兀問道：「我們見的都是山裡人才信教門，而張老師——你，我們不理解！」

他後來總想為那天的問題向我道歉。而我卻覺得，他提出了一個重大命題。過去說，只有地主階級有文化，農民沒文化。其實還有一個更尖銳的現象：只有農民階級有信仰，知識分子沒信仰。文化層次與信仰追求的矛盾，一直是中國宗教世界的病灶，也許還是中國文化的病灶。

我們並沒有用道理和語言討論這個難纏的問題。在如水的日子裡，像挖隧道一樣，我們從兩頭慢慢地感到了接近。大命題不是用理論，而是在我們的作為中，自然地接近著一個解釋。

三英弟對他掌管的一座大寺，感到壓力沉重。不知為什麼我很同情他。一夜，我覺得應該為他做點什麼；於是從不賣弄墨紙的我，主動為他寫了一幅字：「如負崇山，如履薄冰。」

後來，他居然花了九十元裱了那字，掛在自己的室內。

馬蘭弟。他人如其名，羞澀寡言，有一絲姑娘氣質。當然人的深沉，不是表面能涵包的，馬蘭弟其名只是他家鄉的地名。

大西北諸兄弟中，我第一個認識的是他，那次他的一句話，震動了我的靈魂。他抬起眼睛，仍是怯怯地含著羞澀，說：「若是離開了哲合忍耶這樣的集體，活著就沒有意思了。」

我們相離得最遠，一數多少年，就是難得相見。我曾給他一個從日本帶來的羅盤（指禮拜方位的，阿拉伯造），他給我捎來枸杞子、乾葡萄。有一次聽說我去了，他已經爲我鋪好了床上的被子——我卻擦肩而過。

但是我們狠狠地聚了一頓！在新疆的一個大湖邊，馬蘭弟的家族全數出動，一輛夏利，一輛五十鈴，把我們和幾十個年輕人拉到一起。那是痛快的野餐；下湖網魚，岸上宰羊，在清澈的湖中戲水。直到湖面浮光躍金，天山現出暮靄的時刻，我們才班師回家。

屈指算算，那次湖邊野餐以後，我們又是數年不見了！這麼寫著，我心裡想，今年之內，我應該設法再和馬蘭弟見上一面。

延輝弟。雖然都是回族，延輝弟卻與上述那些弟弟有些不同。他和進祥弟一樣都居住都市，對我像一塊綠洲，總是等著給我幫助的時刻。

延輝弟不似那幾位，教門精通熟識經文。但是他從另外一個方面，用他的冷靜平和，輕輕地調節著我。他不是寺門出身的經學生，而是芭蕾舞男演員。從藝術的蔭涼裡他舀來一瓢瓢水，澆在我從西北抱回來的、乾硬火燙的黃土上——我意識到這種調節的必要。

芭蕾舞演員，小美男子，不知怎麼卻使他老實巴交。我多少對這種氣質也擔心，從西北回來，我腦海裡鮮明地刻著被清政府凌遲殺害的、十九世紀回族義軍的墓，就把那印象塗畫下來，送給了延輝弟。

我是在北京把那張《青磚小墓》交給他的。他要出門開會，竟把那一幅油畫，從北京背到昆明，又背到上海，最後才背回山東。這樣，我腦海裡刻著的印象，就不僅僅是蒿子草牆裡面隱蔽的小墓本身——芭蕾演員背著我們心中的情感和憤怒，數千里跋涉的畫面疊印其中，使這印象層層豐富。

不喜外露的他不多談這事。我在他的牆上，看見了用畫框裝好的、那張其實畫得拙劣的畫，心裡覺得，延輝弟對它看得比我還重。

這樣的弟弟賬，我還可以洋洋灑灑列下去。可以從伊犁河口，一直數到雲貴高原，有文有武，有人格典範，也有刁頑之徒。一種傳統的「承同」，介紹我們四海兄弟，天涯近鄰。我一想到他們就覺得氣粗力壯，胸有成竹。眞是，其實我早說過：我是個幸福的人。

心上關山

一

若是翻開那時的地圖，一個個地名恍如隔世。凝望著圖上的脈絡紋理，心似是甦醒又似是麻醉。

眞是，簡直毫無準備，幾乎不具條件，但是僅僅緣著宿命和頑固的熱情——居然走遍了那麼多路，那麼多山。

路多是暗中藏險的路，山是步步設關的山。我不是說諸如南疆的鐵門關、北疆的果子溝，我說的是另一些地方。那裡也許貌似平常平和安詳，但是那裡的觀念，無論官民公私，都認爲是不可闌入的。

那一年在吐魯番的煤窯溝，我和維族嚮導力鐵甫向路口的一堆人問路，想弄清楚這個天山南坡的小煤礦裡，有沒有侏羅紀煤層的地下自燃現象。當然不能二杆子一般地這麼問。我模仿著新疆人的口氣，盡量清楚地說，科學院的，聽說這山裡冒煙，出硫璜和硝，來看個一下子。

人堆中有一個擠來，邊扣上一頂警察帽，邊說，有證明不有？

接著把我們帶進了派出所。

當然沒出事。但是，從那時到現在，我一直沒有搞清楚：公民在祖國的境內尤其是在普通農村而非邊境禁區的地方，究竟有無旅行的自由？如果在祖國之內旅行是公民的權利，那麼諸如煤窯溝警察一事，他的行爲的界限在哪裡？

因此，儘管我走遍了半個中國，儘管我簡直無以復加地深愛祖國的每一寸窮鄉僻壤，儘管我還居然在警察系統的群眾出版社出版了我的旅行記《大地散步》——我仍然感覺在路上毫無安全。我總覺得，法網在路上四張，關卡在路上林立。它已經潛進了我的心，溶進了我的六感八識。我覺得自己又病態又好笑，但又以爲這也不失爲一種不壞的習慣。

在骯髒而寒冷的運輸站、客運站，擠清晨長途班車時，四周爆炸著叫罵與吆喊。狠狠的一個字：擠。但不能擠成一個架打，這就有擠的學問。我能在瞬間中順便幫那窮凶惡煞的漢子一把。上了車坐下學問更大，前五分鐘必須判斷鄰座的性質，然後決定對他的態度。回首往事，我還不至於因爲惹人肇事後被痛打而羞恥，也不因顯形露財丟包丟錢而悔恨；其原因，也許就在於這種不清楚自己的公民權，因此對旅行從未有過驕浪、從未失盡警覺的心態。

記得那年從蘭州去張家川，車行十三小時，車內三次鬥毆。捉對廝殺型、集團對陣型都發生了。那一路眞是深刻的人生大課：其中兩架均以挑釁者慘敗告終。第一例，說是挑釁，倒不如說是眼花，——他們以爲對方人少好欺，打起來方知車廂內三成的乘客都是對方一族一村一行。於是血迸濺著，人癱軟了。車到龍山鎭時，失敗者們突然下了車。第二例是一對同座。我第一次目睹了一個野壯大漢被一個瘦削青年最終打得一聲不吭。欺負的報應，在那一例裡眞是極致。誰能料得到，那瘦削青年竟如此善打呢？他罵一聲娘揍一拳，那粗漢伏在車椅上不動，滿臉鮮血。最後勝者累了，不再理睬認輸的對手。車繼續顚簸著。窗外是隴南秀麗的青山綠水，前方還有七八個小時的同路。顚簸著，人睏了。那一對剛剛往死裡揍過的敵手，睡著後擠在一團。再後來瘦勝者醒了，也沒有一拳揍開依偎過來的那血糊糊的大腦袋。他厭惡地望著窗外，一直沒有再吭一聲。

然而我卻和一個老漢談了一陣。很慶幸當發覺他的一些宗教見解與我有些出入時，我沒有用詞不當——老漢便是那三成善打乘客的首領。

如今非常想念他們。從那個瘦削青年到那可憐的敗者，從那擁有實力的老頭，到向他的人馬挑釁的幾個龍山鎭好漢。我想再次見到他們，渴望與他們相遇。

包括新疆吐魯番煤窯溝那孤獨的警察，連他都令人回憶得親切。他是那條戈壁灘當心的大道和兩側的村子——維左回右——的多麼好的看守；他是二十世紀中亞的多麼好的注解，他是我的人生長旅中的一個多麼難忘的人物和故事啊。

因爲畢竟走過了道道關山。無論是提一念留意官警，或者是長途車擁擠江湖，有一句至關重要的話當說：那時路是通的。

二

而今世事兩變。應當說，開放的經濟已經使諸如煤窯溝的警官改得很多：一般來說只要掏出金燦燦的錢，那麼巡洋艦就可以直放龍山鎮和張家川，更可以使縣招待所一流地服務。但是複雜的是，煤窯溝儘管不再理睬觀光客和考察者，但它正是此時此刻才發覺了你的個別獨僻；同樣，你也不是昨天那副趕著毛驢車的快樂相，你如今已是要負責的成人。

以前只是投身大自然和民衆；如同當年在陝西河底村，你脫下衣服，投身就跳進了黃河。

如今卻像另一次，那次夜行巴塘；那時初次體驗了恐怖。我騎著一匹壯健的河曲大走馬，陷進泥沼直至馬腹。

輕薄的文人們，他們怎麼可能感受這一切！

李白叫喊的「行路難」，屈原詠唱的「路修遠」，彷彿都在這個春天清晰鏗鏘，巨大蒼茫的感受逼近了人，使人的心開闊又黯然。

屈原把所謂道路走到了極限。

「朝發軔於天津兮，夕餘至乎西極。」他能從天之邊涯，從天河之渡啓程，一日西行，一天走到蒼天的西極。

「路不周以左轉兮，指西海以爲期。」讀這樣的句子不能不一吟三嘆。屈子的辭句，宛如瀟灑的畫面。輕車以傳說爲熟路，在英雄共工一頭撞折的不周山腳，勒偏轡向左轉。讀著令人感動得心酸。在限制中，在流放中和流浪中，屈原達到了對道路的浪漫想像的極致。而且諧拍循板，若有日程，胸有成竹，「西海」即是旅人約會的終點。

這樣的句子，讀久了如在中毒。太美了，辭章之美憧憬之美互相襯托，使人知道了早就有過對「道」的苦苦愛戀，使人知道了唯有如此求道，人才算活過一世。

當攔羊老漢在羊群蹚出的溝壑上、密密麻麻的小路上，架起了關卡的時候，我只剩下以吟誦屈子的華章過活。何止約期西海、車繞不周，我還要「朝飲木蘭之墜露，夕餐秋菊之落英」。在極端的污濁中求存活，只能追求極端的清潔。

已是春季了。我的血液又像那時一樣湧動起來。愼行，還是舉步？我在猶豫中沉沉地想念著。

莊戶之外，大路更早已斷絕。遠遠望去，四外的風景都呈著暗紅色。屈子的車，飛龍駕轅，鑲嵌象牙美玉。但是在六盤的山道上，蜿蜒而來的是戰車。

追求尋道之苦，在於前途無路之際。宿不能行，淫雨不開，親人隔斷，遍地泥濘。焦急得恨不得一步邁到天涯。然而又屈服於理智，不能浪動寸分。一別三載，心重成疾。在這種心境裡瀏覽《楚辭》，見屈子也有通達的句子。他承認人各有志，人各有路，「民好惡其不同兮，民生各有所樂」——這是我輯的一句。

這樣斷章取義，是一種《楚辭》讀法。否則在今日中國，橫領豪奪有欲無恥的氣氛裡，你還敢抄錄屈原的下半句麼？譬如「體解未變」（凌遲也不投降）、「九死未悔」？

或許這就是因果。

社會嘲笑屈原，所以社會失了公德。山裡內外關卡，所以人將失道。泰山崩，所以黃河溢。

「民（作『人』解）各有樂，民好惡不同」，這種哲學，早在公元之前，就被屈原看破了。

我的僵硬的雙足，寸分未動如鑄如釘的雙足，在這種輪番的折磨和安慰中，漸漸恢復了正常的脈動。足背腳弓處，血管怦怦跳著，就像我半生裡每一次上路之前一樣。這種觸感一下子流入心裡，重壓倏然消失，喜悅莫名地充斥了胸腔。思想，當它切膚般變成了肉體的感知以後，人才會去堅持它。

說來奇怪，我對於愛情一詞的體會，就更多地不是得知於男女，而是得知於道路。眞的，宇宙中沒有不滅的事物，只有它，唯它最貴，唯它最深。漸漸地人覺得，命可棄，它不可棄。無論它好孬俊醜；好也想，醜也思，無法捨棄。捨了它人就再難新歡，棄了它活著再無滋味。那種心境，才是愛情。

眞的，這樣寫著不禁失笑，生而爲人，這樣想念，該是多麼好；我若能這樣地想念她，想念親人，想念人，該是多麼好呵。

至於關山難越，不過是時代的小小把戲。正道是不可能阻擋閉鎖的。在每天每月流淌的時間中，不久便會有一天到來，斬關落鎖，打通路徑，這是不言而喻的事。雖然距此時此刻還稍遠，但是我的心，還有我的雙足都感到，變化正在臨近，就像江河季節的前行。

行期已經指日可待。

大河家

大河家是一處黃河渡口。

年年放浪在大西北的黃土高原之中，大河家便漸漸地成了自己的必經之地。它恰像那種地理教師不懂的、暗存的地理樞紐，雖然偏僻貧窮，不爲人知，卻比交通幹線的名勝更自然更原始，不露痕跡地溝通著中國。

這些地點，一旦了解多了、去熟了，就使人開始依戀。半年一年久別不見，特別是有時離國涉外，從歸國那一瞬起便覺得它們在一聲聲呼喚。眞是呼喚，聽不見卻感覺得到，在尚未馬上動身去看望它們之前，我總是忍不住地先在紙上與它們神交。

大河家是甘肅南緣邊界上的一個回民小鎭。密集的、土夯的農家參差不齊地排成幾條街巷，街頭處有一塊塵土飛揚的空場，那就是著名的大河家集。店鋪簇堆，人馬擁擠，集上半數都是頭戴白帽的回民。清眞寺的塔尖高出青楊樹的梢頭，遠近十幾座坐落散開，唯熟知內情的人才知道每一座的源流和歷史。

當然，任何一處黃河渡口都使人激動。而大河家渡，不僅有風景的壯大悲涼先聲奪人，而且有一股難言的平和與自然，使人不覺間感到寧靜。

幾條土巷，攢尖般匯在一起，造成了集。

出集百步，便是咆哮黃河。

在這裡等擺渡，一眼可以看見甘青兩省，又能同時見識回藏兩族。傍大河家集一側是甘肅，黃土綠樹，白帽的回民們終日在坡地裡忙碌。大河彼岸是青海，紅石嶙峋，服色尙黑的藏人們隱約在山道裡出沒。大河家，它把青海的柴禾和藥材，把平犄角的藏羊和甘肅的大蔥、白菜，把味濃葉大的茶——在轟鳴滾翻的黃河水上傳遞。

河上懸空弔著一條拳頭般粗壯的大鐵索。一條大木船挽在這懸索上，借黃河水的沖力，用一支舵使船往返兩岸。船入中流時，那風景十分壯觀，在顚簸如葉的渡船上，船客子扳牢大舵，把黃河的千鈞水力分成了橫渡的巧勁。

此地指行業爲「客」。割麥人稱麥客子，船把人稱船客子，淘金人稱金客子。船撞入漩渦時，水濺起來，岸上船上的人都怔怔地看。使船時的吆聲是聽不見的。在大河家，永遠地充斥著河谷的，只有黃河跌撞而下的憤怒轟鳴。

清晨時分，因爲黃河走得太急、過水太多吧，整個河谷白濛濛地罩著一川濃霧。聽得水響，不見河流。漸漸地，天熱了，日頭烤化了霧，才看見平素黃河的雄姿。

那時的黃河太漂亮了，襯著一面它古時劈開的紅石頭崖，襯著它滋潤得沖天的茂盛青楊，一川狂怒狂歡的渾濁水，不顧性命地盡情沖騰。

我住在韓三十八家裡已是第幾次了，現在回想著已經數不清楚。此刻寫著，彷彿又進了他那院裡。屋檐下掛著一串串玉米，院角有一個換水沐浴的棚子。

韓三十八今年該是八十歲，明後年若抱成個孫子，起名正巧該叫韓八十三。他也喜歡看河。黎明時，霧壓河，他一聲不響地凝視。霧散著，天亮開，水氣滲進他滿臉的皺紋裡，我猜不出他看河時在想什麼。

他是從死地掙著命回來的。五十年前他是馬仲英的護兵，在喀什以南的戈壁灘上，他們捏著步槍瘋跑，天上的飛機追著他們剿殺。那是沒有邊的大戈壁灘吶，不知道人怎麼能跑過飛機。隊伍滅了，他和幾個大河家同鄉鑽進了崑崙山。

沿著崑崙北緣，沿著塔里木沙漠南緣，幾個大河家男子逃回了家。世上著書立說的探險家誰走過這種路線？有一年我乘飛機去喀什，從舷窗裡能看清烈日曝曬的戈壁上叢叢蓬草。我感到恐怖。飛機追著逃跑的人打，看來戰爭確實無美可言。

老漢和我看河，從來默默無語。他從不提及傳揚很廣的馬仲英的神話，也不講他見識過的血腥沙場。這對我這個求學者不免可惜。因爲我只有憑自己猜想了。

逃回大河家以後，他幹盡了渡口遠近的一切營生：筏客子，金客子，賣過茶鹽，走過私，闖過藏人地方。

黃河是他的家路。他說過，只要掙上了錢，就找河。在任何一個渡口，搭上任何一個筏子，或是再當筏客掙幾個錢——不多久就能與他的撒拉婦人相遇。

這眞是一種準確的地理：任世界再大，也不難找到黃河。河水一直流向家門，因此韓三十八老人心中踏實，世事浮沉總那麼胸有成竹。

怪不得此地也有我們山東人。黃河就是家路，順著黃河，能到濟南，人這樣一想，心就安靜了。

身在天涯，有家鄉常不能歸。世俗墮落，與其隨波逐流，不如先去大河家住一陣。去看甘青兩省，去看黃土高原和積石山脈分界，去看那造霧的滔滔大河，和眞的經過險境的人一塊。

北莊的雪景

那一年在河州城，在幾個村莊輪流小住。那都是些在西北史上名氣很大、實際上貧瘠荒涼的山溝莊子，比如莫尼溝等等。放走了一匹久騎的愛馬，看著牠赤裸著汗淋淋的毛皮跑回草地，手裡空拿著一副皮籠頭──當時我初進回族世界時的心情大致就是這樣。

不願去想熟悉的草原，聽人用甘肅土話議論《黑駿馬》時感覺麻木。也不願用筆記本抄這陌生的黃土高原，我覺得我該有我的形式。

總聽人說，北莊老人家如何如何淳樸，待人如何謙虛，生活如何清貧。農民們說他有國家派給的警衛員、手槍和「巡洋艦」，可是永遠住土炕，一天天和四方來拜謁的老農民們攀談──而且農民坐炕上，他蹲炕下。

聽得多了，心裡升起了好奇。我的不超過五名的弟子之一，出身北莊的馬進祥擺出一副客觀介紹的樣子，不慫恿我去，但宣布如果我願意去，他能搞到車。我望望迷濛的大雪，心裡懷疑。但是廣河縣的馬縣長把一輛白色的客貨兩用豐田開到了眼前，進祥又把他的老父親請到駕駛員右側的嚮導席上，駕駛員也是姓馬的回民。——我背上了包。

在無數姓馬的回族夥伴擁裹之中，我這個張姓只有一種「客人」的含義。去投奔的人也姓馬，大名鼎鼎的北莊老人家馬進城先生，中國伊斯蘭教協會副會長。

外面大雪紛飛，雪意正酣。

河州東鄉，在冬雪中它呈著一種平地突兀而起，但不辨高低輪廓的淡影，遠遠靜臥著，一片神秘。奔向它時會有錯覺，不知那片朦朧高原是在升起著抑或是在悄悄伏下。雪片不斷地擾亂視野，我辨不清邊緣線條。只是在很久之後我才懂了這個形象的拒否意思：它四面環水，黃河、洮河、大夏河爲它阻擋著漢藏習俗和語言以及閒客，南緣一條水攔住回民最密集的和政、廣河、三甲集一線——使古老的東鄉母語倖存。它外殼溫和，貌不驚人，極盡平庸貧瘠之相，掩藏著腹地驚心動魄的深溝裂隙、懸崖巨谷。

我竭力透過雪霧，我看見第一條峥嶸萬狀恐怖危險的大溝時，心裡突然一亮。大雪向全盛的高峰昇華，努力遮住我的視線。東鄉沉默著掩飾，似乎是掩飾痛苦。然而一種從未品味過的，一種幾乎可以形容爲音樂起源的感觸，卻隨著難言的蒼涼雄渾，隨著風景愈向縱深便愈殘酷，隨著偉大的它爲我露出裸體——而湧上了我的心間。

這是擁有著一切可能的苦難與烈性，然而悄然靜寂的風景。這是用天賜的迷茫大雪掩蓋傷疤、清潔自己、抹去鋒芒、一派樸素的風景。我奔向它的心臟，它似乎嘆了口氣，決定饒恕我並讓我進入，如一尊天神俯視著一隻迷路的小鳥。

我屏住呼吸。我沒有把這一切告訴我那傻乎乎自以爲是主人的馬進祥弟弟。我瞟了一眼在嚮導席上端坐著始終不發一言的，後來我曾從北京不遠數千里趕到他墳前跪下的進祥父親。我從那一刻目不轉睛——這是我崇拜的那種風景。

雪粉成旋風，路滑得幾次停車。我們猛踢崖縫上的乾土，再把土摔碎在路上，讓車開動幾步。後來乾脆把車上的防水帆布鋪在輪前，開過去，再扯著布跑上去鋪上。最後——車從一道大梁上瘋了一般倒滑下來，不管我們的汗水心意。

路已經是雪白一條冰帶子，東鄉的山隱現在雪幕之後，謙和安靜，我抬頭望著這不動聲色的淡影，絕望了。

嚮導席上的進祥父親一動不動，一聲不吭，好像已經入了定。駕駛席上的小夥子笑容不退，好像那一溜到底的倒滑挺有趣。我抖擻起來，兜屁股踢著進祥，把半堆土壤塊裝上了車。

重車不滑，白色的冰帶不再活潑，代之移動起來的又是東鄉的雪中衆山。雪現在時濃時淡，像是爲我拉開了一幕又一幕。我不解，但是我此刻心情已經端莊。鵝毛大雪中，山巒變得沉重而肅穆，音樂眞的出現了。我剛剛要側耳傾聽，車子一轉，馳下了小道。

深不可測的澗谷近在腋下。四周群山競相升高。我們正在爬坡，視野中我們卻降入了一個海底。東鄉的山，它湧著，裂著，拔地而起矗立著，無聲嘶吼著，形容不出的激烈和沉默合鑄著它們。溝溝如刀傷，黃土呈著一種血褐。我知道，自己就要撞入一種可怕的眞實——它們終於等到了我，它們的傾訴會淹沒我，但是我已經欲罷不能了。我只能前進，冒著這百里合奏的白雪音樂。

大雪在覆蓋、隱藏、拒絕、妝扮。雪是不可破譯的語言，我直至今天仍不解那天那雪的原因是什麼。

無論是好奇或是理解，無論是同情或是支援——在這茫茫的東鄉大雪中都不可能。只能夠靜靜地讚美，只能感覺著冰冽的純潔沁入肉體，只能夠讓自己也進入它的內容。

馬進祥的老父親一直紋絲不動。走了這麼一路他沒有說一句話，拐人小道時他也只是用手稍微地指了一指。

北莊如同海底的一塊平地，雪在這裡像是砌過抹平一樣。在這片記憶中平坦得怪異的地場正中，有一株劈成雙杈的柏樹。巨冠如兩朵蘑菇雲，雙樹幹在根部扎入白雪，遠遠望去有一種堅硬扎實的感覺。樹冠頂子模糊的雪霧裡，乾墨黑中隱約有一絲深綠。

雪海中這一棵樹孤直地立著，唯它有著與雪景相對的墨黑色——其他，無論莊子院落，無論山巒溝壑，無論清眞寺和稀疏的行人，都融入了大雪之中，再無從分辨了。

我們進了一戶莊院。北莊老人家披著一件黑色的光板羊皮大氅，頭戴一頂和任何一個回民毫無兩樣的白帽子，疾步迎了上來。

他精神矍鑠，面目慈祥。互致問候之後，久聞的東鄉禮行便顯現了：老人家堅持我們是客，要上炕坐；而他是莊院主人，要在炕下陪。我堅持說無論是講輩分、講教規、講遭遇經歷，或者講北京的虛假客套，我都要讓他上炕坐上首。推讓良久，我不是東鄉淳樸禮行的對手——後來幾年之後回想起來，我還爲那一天我在炕上坐著又吃又問，而大名鼎鼎的北莊老人家卻在炕下作陪而不安。

眞人不露，他的談吐舉止一如老農，毫無半點鋒芒。他的臉龐使人過多久也不能忘卻，那是眞正的蘇萊提——因純潔和信仰而帶來的美，這種美愈是遇上磨難就愈是強烈。屋外慘烈的風景與我僅隔一窗，我幾次欲言又止，最後決定不再探問。其實我們彼此看一眼，心裡就都明白了。話語的極致是不說。

這就是神秘主義的方式，我心裡默默地想，答案要靠你用身心感悟。那滿天的大雪一直在傾訴，我既然是我，就應該聽得懂東鄉大雪的語言。我想著，喝著蓋碗裡的茶。時間度過著，我覺得自己在那段時間裡，離求道的先行者們很近。我想到那棵獨立白雪的大樹，心中一怔，覺得該快些去看看它。

北莊老人家給我講了一些關於除「四害」時，全國追殺麻雀的話。他用一種我從未聽過的語氣說：「那些麻雀也沒躲過災難，人還想躲嗎？」

我後來常常琢磨這句話。

眞是，有誰將心比心地關懷過他人的處境呢，有哪個人類分子關懷過麻雀的苦難呢。有些人爲著自己的一步坎坷便寫一車書，但是他們也許親手參與製造了麻雀的苦難。爲什麼人不能與麻雀將心比心呢？

那棵筆直地挺立在白雪中的大樹身上，一定落滿了麻雀。我想著，欠身下炕，握住北莊老人家溫軟的手，捨不得，還是告別了。

在廢墟已經完全被雪埋住，僅僅雪堆凸起一些形狀的北莊雪原上，那棵樹等待著我。雪地上只有它不被染白，我覺得一望茫茫的素縞世界，似乎只生養了它這一條生命。我和進祥一塊，緩緩地踩著雪，一面凝視著那株雙杈的黑色巨樹，一面走著。雪還在紛紛飄灑——只是雪片小了，如漫天飛舞的白粉。

我不知該回答些什麼。我抱歉地望望四周的悲愴山色。一瞬間莫名其妙地，我忽然憶起了內蒙古的馬兒，還有鞍具。我進來了，我遲鈍地想到，伊斯蘭的黃土高原認出了我。

我正要和馬進祥離開那棵樹時，他的老父親急匆匆趕到了。老人沒有招呼我們，徑自走近了那株古樹，跪下上墳。

那是幾年前的事了，那時我尚在浮層，見了老人上墳尚在似懂非懂之間。當時的我不像如今：當時我只是心頭一熱，便拉著馬進祥，朝他的老父親走去。

雪又悄然濃密，山巒和村影又模糊了輪廓。東鄉的山就是這樣，它雄峻至極，忍著一溝溝一壑壑的悲哀和憤怒，但是不肯盡數顯現。我茫然望著一片白濛濛飛雪大帳，在心頭記憶著它的形象。

雪愈下愈猛，混沌的白香沒著視野。只有這棵信號般的大樹，牢牢地挺立在天地之間，沉默而寧靜，喜怒不形於色。

我們捧起兩掌，爲北莊也爲自己祈求。這一刻度過得實在而純淨。我一秒一秒地、戀戀地送走了它，然後隨著老人，低聲喚道：「阿米乃！你容許吧！」

聲音很低，但清楚極了。樹梢上嗡嗡地有雪片震落。我抬起臉，覺得雪在頰上冰涼地融了。我睜開眼，吃了一驚：

原來，隻隻麻雀被我們的聲音驚起，濺落的雪混入了降下的雪中。

我望著那些麻雀，還有那棵矗立雪中的大樹，說不出一句話來。過了一個時辰，我們便離別了北莊，離開時那雪更濃了。

枯水孟達峽

孟達峽是個人們都該知道的地方。

關於「孟達」二字語源，包括學者們在內誰也說不準確。大概它是一種突厥語；但這麼推測，僅僅是因爲峽內居住著講突厥語言的撒拉人的緣故。在青海循化撒拉族自治縣，也就是在孟達峽口以西，住著人稱「撒拉十二工」的悍勇撒拉人。「工」，也是一個莫名其妙的詞，總之詞義就是村莊。

黃河在孟達峽裡，不一定是最威風凶猛的一段；但卻是最漂亮的一段。它從青海遠道而來，在撒拉人的邊界遇上了鋼色的積石山脈。於是，黃河劈石破路，沿孟達工黃褐色的莊寨，在甘青兩省之邊的大自然中，創造了這一條長峽——青崖矗立，波濤轟鳴，沖出峽口的黃河滔滔而來，背倚著雄壯升起的鋼鑄一般的積石山脈。

孟達峽口外，先有僅僅只三個莊子的一個小族——保安人的坡麓地；再有古風紋絲不變的大河家碼頭。黃河分出甘肅青海，小鎮交流藏民回民。一逢集，成群的白帽子回民湧下渡船去尋找各自的教門；成群的紅綠飾藏民登上渡船，用一捆柳梢綁牢的硬柴去換醃鹹菜用的大蔥。白色和紅綠色擁著流著，顯出古渡口的風氣。

離大河家，若是溯著黃河，岸邊比比皆是淘金的回民。

走上孟達路，見一對父子在河灘支著漏篩，用黃河水，淘黃金砂。

我問那金客後，知道黃河母親金薄得很；只淘到看時黃澄澄的有、摸時水滑滑的無那麼一薄層。我說：這麼著能把錢掙下麼。金客苦笑著，他的兒子一鍁砂子鏟過來，話就斷了。

我朝著峽口又走，鋼色的山體如水洗過一樣光滑，浴在空氣裡。走遠了再回頭，只見那父子兩頂白帽子，還那麼彎著忙碌。黃河從我身邊疾駛而去，又倏然甩過他倆，朝下游大河家方向沖去。我不再回顧，朝峽口走去。

我沒有問他們宗教的事。

因爲我知道：不僅大河家沿線，包括撒拉十二工回教中的哲合忍耶——那個如同中國脊骨一樣的剛硬集團，已經在清乾隆的盛世之中，徹底地被斬盡殺絕了。那金客子爺兒倆不知道我的心事；我走孟達峽，是想親自走一走當年哲合忍耶撒拉人撲向蘭州殉教時留在孟達峽裡的舊路。

一進峽口，耳音一變。

忙忙碌碌過光陰的、貧瘠而人情味十足的、熱鬧的甘肅聲消失了，一瞬間萬籟俱寂。

高原的、空氣稀薄的、紫外線灼傷臉頰的、沉寂而冷漠的青海聲，只是峽底的水哮。耳際流聲在一瞬之間的驟變，是十分奇異的。親歷大自然的聲音在爲自己轉變，於我僅僅只此一次。

黃河遠在深深的峽底。隆冬時節，正當枯水，窄窄的孟達峽擠扭著河水，逼得怒吼的河發出一種古怪的、單調的空響。

兩岸的荒山，被高原的烈日燒壞了，沒有峽口外表層的鋼色；處處酥碎，層層剝蝕，紅黃相間的土壤上植被稀禿，這是積石山脈的內裡嗎？那鋼殼是怎樣銷熔的呢？

燒壞的風景，給人的雙眼一種痛楚。看過之後，心裡久久難受，不能康復。

我踏著曬焦的細細塵土，瞇眼望著峽底的滾滾黃流。晴朗的冬日，和平而安寧。陽光晃眼，令人聯想到夏天的曝曬。

縱眼望去，青藏高原就這樣在視野之間開始了。高原的邊緣，景色總是雄大的。

我走著，心裡想著二百年前那些人。他們捨了如此八面威風的故土，沖出孟達峽去尋個什麼呢！

流下去的水，去了就再不會回來，雖然人叫它黃河。二百年前的黃河，已經和二百年前殉命的撒拉人一塊，永遠地逝去了。

我溯河上行，飽覽著望不盡的壯大自然。

峽水宣洩而下，爭先搶後。

孟達峽裡只有不絕的轟轟聲。水撞石，山擋河，世世代代地轟響不止。我兩耳充斥著這聲音，走得一言不發。久了，覺得峽中其實無聲，萬物都在沉默。

這麼想著，抬起頭來，只覺得頂天入地的大景又無聲地變了。

雪中六盤

離開沙溝和西吉灘，離開了頭戴六角帽的回民的黃土山莊，在大雪紛揚中，我們穿過了一片片斑駁錯落的村寨，來到了單家集。但那彈洞累累的清眞寺和聞之已久的紅軍遺蹟並沒有留住我們，一罐茶只喝了一口，我們便又穿過楊茂、姚杜，在暮色中的好水川旁的凍硬的土道上，急急地前進了。覆蓋著山巒房屋的白雪使晚暮中的好水兩岸依然明亮，乾燥的雪在腳下「喳喳」作響。一路的小村還是一如西吉，瓦頂的高房靜靜地屹立在莊院一角；切開的山坡上偶有一排廢棄的窯洞。然而問答間已經能辨出方言的差異。西吉已別，這是隆德，前方好水上游正楔入一支陝西口音的力量。我們踏著硬硬的薄雪，體味著這一切繼續走向這蒼茫雪谷縱深。背上行裝邁開大步，搭上手扶拖拉機越過隆德，我們的心在六盤。

人間的事就是這樣，當一切都已遠逝，當新的世界像江河浪濤一樣卷持著自己浮沉而下的時候，人們有時會回憶起一個遙遠的印象。隨著成年，隨著見識和缺憾的積累，人們會開始懂得這印象、這心境的可貴。因爲它只這麼閃爍一瞬，然後就消失，就熄滅，就永遠失而不得了。它在消失和熄滅的時候，帶走了你的一份青春和歷史，當你知道已經眞的失去了它的時候，你會感到額頭上又添了一道皺紋，你的生命又衰老了一分。

我感謝六盤山，因爲在我順著它腰肢的崎嶇小道向上攀登時，爲我喚醒了已經沉睡了的一個印象。那是一個十八歲的我，背負著六十斤重的行囊，在岷山山地的一座高山上行走的印象。六盤山濘滑的雪路，山間彌漫的一派濃霧，灌木枝條上凝住的銀色的雪柱，爲白雪和濃霧隱蔽了的那樸直悲壯的貧瘠山體，急促的喘息和背上的汗水，還有雙腿的沉重，都強烈地向我的肉體和心靈喚起著那個印象。那一天我和一個背著一簍煤炭的農民並肩走在大雪覆蓋的岷山道上。那農民被壓彎的背和煤灰染黑的臉上流淌的道道汗水，還有那雙在黑污中朝我閃著善良憨實的目光的眼睛，曾經給年輕的我帶來過撞擊般的感觸。從那以後近二十年過去了。像我這樣的人也能說：近二十年過去了。荒涼的岷山道，雪封的遠山近村，腳上的凍傷和背上的重負，連同那個臉膛黑污，眼睛和善的馱炭人，都被忙碌的生涯淘去了，淡忘了。我只是朦朧中覺得自己心裡似乎還存留著什麼，它常常使我在奔波中稍稍定神的一瞬感到惶惑。

所以我感謝六盤山。哪怕是短暫的接觸也好，哪怕我還遠遠不能洞知和理解；儘管我仍然只能再去投身於我的奔波世界，儘管我深知當我們在頂峰歡呼雀躍之後，朝下山道上邁出一步就有可能是對這座山峰的永訣，——我仍然感謝六盤山。它在我成年的心裡喚醒的那個印象已經再也不會沉睡了。當我望著在雪幕後雄偉地緩緩升起的、那顏色灰濛的靜默大山，望著它身上鱗甲般的叢叢樹木，望著它襟裾下茫茫無際的大地上不可思議的梯田和村莊的地圖時，我久久地想著這近二十年的時光裡經歷的一切。從岷山道上那背炭的農民開始，一直到面容堅忍的哲合忍耶回民，許許多多的熟識面影彷彿在向我啓示著什麼。

來到和尚鋪，回首望六盤，頂峰和山口已經被山巒遮住了。想起昨天夜宿的楊河鄉，只覺得天關難越。眼前路分三岔，固原城已經舉步可接。我知道，此別六盤山就是告別西海固；前面雖然路程尚遠，但我這次嚴冬遠行的計劃已經結束了。

巍巍六盤山還在冬雪中無言地默立著，荒瘠的嶺脈沿著路左一字排開。我沒有多少驚喜或可數的收穫，但我的心中是一片踏實的寧靜。

再見，我質樸、剛強的六盤山！

漢家寨

那是大風景和大地貌薈集的一個點。我從天山大坂上下來，心被四野的寧寂——那充斥天宇六合的恐怖一樣的死寂包裹著，聽著馬蹄聲單調地試探著和這靜默碰擊，不由得屏住了呼吸。

若是沒有這匹馬弄出的蹄音，或許還好受些。三百里空山絕谷，一路單騎，我回想著不覺一陣陣陰涼襲向周身。那種山野之靜是永恒的；一旦你被它收容過，有生殘年便再也無法離開它了。無論後來我走到哪裡，總是兩眼幻視，滿心幻覺，天涯何處都像是那個鐵色戈壁都那麼空曠寧寂，四顧無援。我只有憑著一種茫然的感覺，任那匹伊犁馬負著我，一步步遠離了背後的雄偉天山。

和北麓的藍松嫩草判若兩地——天山南麓是大地被烤傷的一塊皮膚。除開一種維吾爾語叫uga的毒草是碧綠色以外，岩石是酥碎的紅石，土壤是淡紅色的焦土。山坳折皺之間，風蝕的痕跡像刀割一樣清晰，獰惡的尖石棱一浪浪堆起，布滿著正對太陽的一面山坡。馬在這種血一樣的碎石中謹愼地選擇著落蹄之地，我在曝曬中暈眩了，怔怔地覺得馬的腳踝早已被那些尖利的石刃割破了。

然而，親眼看著大地傾斜，親眼看著從高山牧場向不毛之地的一步步一分分的憔悴衰老，心中感受是奇異的。這就是地理，我默想。前方蜃氣迷濛處是海拔以下一五四米的土魯番盆地最低處的艾丁湖。那湖早在萬年之前就被烤乾了，我想。背後卻是天山：冰峰泉水，松林牧場都遠遠地離我去了。一切只有大地的傾斜：左右一望，只見大地斜斜地伸延。嶙峋石頭，焦渴土壤，連同我的坐騎和我自己，都在向前方向深處斜斜地傾斜。

那時，我獨自一人，八面十方數百里內只有我一人單騎，嚮導已經返回了。在那種過於雄大磅礡的荒涼自然之中，我覺得自己渺小得連悲哀都是徒勞。

就這樣，走近了漢家寨。

僅僅有一柱煙在悵悵升起，猛然間感到所謂「大漠孤煙直」並沒有寫出一種殘酷。漢家寨只是幾間破泥屋：它坐落在新疆土魯番北、天山以南的一片鐵灰色的礫石戈壁正中。無植被的枯山像鐵渣堆一樣，在三個方向匯指著它——三道裸山之間，是三條巨流般的黑戈壁，寸草不生，平平地鋪向三個可怕的遠方。因此，地圖上又標著另一個地名叫三岔口：這個地點在以後我的生涯中總是被我反覆回憶咀嚼吟味，我總是無法忘記它。

彷彿它是我人生的答案。

我走進漢家寨時，天色昏暮了。太陽仍在肆虐，陽光射人眼簾時，一瞬間覺得疼痛。可是，那種將結束的白熾已經變了，漢家寨日落前的炫目白晝中已經有一種寒氣存在。

幾間破泥屋裡，看來住著幾戶人家。

不知從什麼時候起，有了這樣一個地名。新疆的漢語地名大多起源久遠，漢代以來這裡便有中原人屯墾生息，唐宋時更因爲設府置縣，使無望的甘陝移民遷到了這種異域。

眞是異域——三道巨大空茫的戈壁灘一望無盡，前是無人煙的鹽鹼低地，後是無植被的紅石高山；漢家寨，如一枚被人丟棄的棋子，如一粒生鏽的彈丸，孤零零地存在於這巨大得恐怖的大自然中。

三個方向都像可怕的暗示。我只敢張望，再也不敢朝那些入口催動一下馬匹了。

獨自佇立在漢家寨下午的陽光裡，我看見自己的影子一直拖向地平線，又黑又長。

三面平坦坦的鐵色礫石灘上，都反射著灼燙的亮光，像熱帶的海面。

默立久了，突然意識到什麼。轉過頭來，左右兩座泥屋門口，各有一個人在盯著我。一個是位老漢，一個是七、八歲的小女孩。

他們痴痴盯著我。我猜他們已經好久沒有見過外來人了。

老小二人都是漢人服色；一瞬間我明白了，這地方確實叫做漢家寨。

我想了想，指著一道戈壁問道：

「它通到哪裡？」

老人搖搖頭。女孩不眨眼地盯著我。

我又指著另一道：

「這條路呢？」

老人只微微搖了一下頭，便不動了。女孩還是那麼盯住我不眨眼睛。

猶豫了一下，我費勁地指向最後一條戈壁灘。太陽正向那裡滑下，白熾得令人無法瞭望，地平線上鐵色熔成銀色，閃爍著數不清的亮點。

我剛剛指著，還沒有開口，那老移民突然鑽進了泥屋。我呆呆地舉著手站在原地。

那小姑娘一動不動，她一直凝視著我，不知是爲了什麼。這女孩穿一件破紅花棉襖，污黑的棉絮露在肩上襟上。她的眼睛黑亮——好多年以後，我總覺得那便是我女兒的眼睛。

在那塊絕地裡，他們究竟怎樣生存下來，種什麼，吃什麼，至今仍是一個謎。但是這不是幻覺也不是神話。漢家寨可以在任何一份好些的地圖上找到。《宋史·高昌傳》據使臣王延德旅行記，有「又兩日至漢家砦」之語。砦就是寨，都是人堅守的地方。從宋至今，漢家寨至少已經堅守著生存了一千多年了。

獨自再面對著那三面絕境，我心裡想：這裡一定還是有一口食可覓，人一定還是能找到一種生存下去的手段。

次日下午，我離開了漢家寨，繼續向吐魯番盆地進行。大地傾斜得更急劇了；筆直的斜面上，幾百里鋪伸的黑礫石齊齊地晃閃著白光。回首天山，整個南麓都浮升出來了，峥嶸嶙峋，難以言狀。俯瞰前方的土魯番，蜃氣中已經綽約現出了綠洲的輪廓。在如此悲涼嚴峻的風景中上路，心中湧起著一股決絕的氣概。

我走下第一道坡坎時，回轉身來想再看看漢家寨。它已經被起伏的戈壁灘遮住了一半，只露出泥屋的屋頂窗洞。那無言的老人再也沒有出現。我等了一會兒，最後遺憾地離開了。

千年以來，人爲著讓生命存活曾忍受了多少辛苦，像我這樣的人是無法揣測的。我只是隱隱感到了人的堅守，感到了那堅守如這風景一般蒼涼廣闊。

走過一個轉彎處——我知道再也不會有和漢家寨重逢的日子了——我激動地勒轉馬頭。遙遙地，我看見了那堆泥屋的黃褐中，有一個小巧的紅豔身影，是那小女孩的破紅棉襖。那時的天山已經完全升起於北方，橫擋住大陸，冰峰和乾溝裸谷相襯映。向著我傾瀉般伸延的，是漢家寨那三岔戈壁的萬頃鐵石。

我強忍住心中的激烈，繼續著我的長旅。從那一日我永別了漢家寨。也是從那一日起，無論我走到哪裡，都在不知不覺之間，堅守著什麼。

我不知道那是什麼。我只覺得它與漢家寨這地名天衣無縫。在美國，在日本，我總是倔強地回憶著漢家寨，仔細想著每一個細節。直至南麓天山在陽光照耀下的傷痕累累的山體都清晰地重現，直至大陸的傾斜面、吐魯番低地的白色蜃氣以及每一塊灼燙的戈壁礫石都逼眞地重現，直至當年走過漢家寨時有過的那種空山絕谷的難言感受充盈在心底胸間。

你的家：Yuyingiz

一

這樣的地方，大多是一些或者優美或者貧瘠的地點。風景也許闊達，視野也可能被遮蔽，但有一點是共同的，它非常秘密。每當我特別想清理思想的時候，不，毋寧說每當我的肉體，無論如何必須休息、必須獲得一點最低限的滋潤的時候，我就悄悄地來到這裡。

這樣的休息之國，這樣的參悟秘地，大都在一些幾省交界的地方。當然你知道，到處有一些兩省、三省或數省的邊境妙地。像很多地方一樣，老百姓的故事，雖然沒有被劃入浩劫，但往往也是一本受難史。

非常奇怪，只要我來到這裡，就在抵達的瞬間，在看見靜謐的荒山，或被太陽照亮的草地的瞬間，我就覺得身心都開始獲得休息。一種清醒的情緒開始升起。不用說，對每一個心靈感到疲憊的人來說，這種感受都異常重要。

十幾年前的一個午後，我和孩子留在氈包裡。

那一年她是十七歲麼，她穿一件淺紅色的單袍子，從泥灶上搬起熱騰騰的鐵鍋。穿過小木門，視野裡是大草原，烏珠穆沁那麼舒展地在前面起伏。盛夏的陽光，照得遠處的草地蜃氣升騰。

有一會我好像醒悟過來，刹那間意識到她的存在。灶台前默默忙碌的這個蒙古少女，千眞萬確就是那個春天的嬰兒。我同時意識到，這麼多年自己還停留在那個春天。我不相信自己已經變老。我只是覺得有些衰弱和疲憊。

她一點也不等待我地成熟了。額吉和母親不在，姊姊已經出嫁，她在作爲第四個女人操持家務。她喚著我：阿哈，喝茶呀。

我只點點頭，沒有應聲。她就把茶碗放在我面前的矮桌上。奶茶靜靜地凝起一層淡黃的薄皮。我躺下了，從敞開的小木門遠眺。我以前從來沒有多麼留意她；那麼久我一直爲她的姊姊興奮，她的姊姊當年被我們看做小天使。可是姊姊出嫁已久，眼前只有妹妹。那個下午我第一次發覺，嬰兒已經變成了忙碌家務的少女。我還發覺，她如今的操勞中，有一件事就是照顧我的下午茶。

在這種情況下，還幹什麼事業呢，我只想一刻刻一天天地，消磨這樣的時間。我漸漸完全進入忘我，冥想著，注視著一派豐饒草原，是一件難得的樂事。我品味著驚奇。我一個個地目擊了她們的變化，我居然注視了她們的成長。風景漸漸顯化，又在我眼前朦朧。

那年，我和幾個朋友結伴，從北麓的一個山口進入了天山。

那一次行前就知道只有一夜時間。但我們的心情是不管時間短暫與否，我們盼望在天山裡消磨哪怕一個瞬間。山谷叫做庫勒薩依。森林夾著太窄的溝，哈薩克人的氈房一層高過一層，沿著山坡搭著。

兩個騎馬的孩子趕著牛，窄窄的山溝盡頭有低低的雪山。問答間，清脆的聲音在山崖石頭上擊碰，每一絲餘音都響亮地傳蕩。兩騎馬遠去了。我在一根乾枯的松木上坐下，看著上方狹長的天空，白晝從松林梢頭一層層褪盡，直到餘暉完全從山麓牧場消失。幾乎是不眨眼地，我迎接了那唯一一夜的來臨。

當然，那一夜我們和天山之間的交流，只是一些斷片。我卻深深依戀那一夜，哪怕只看見一片葉子，幾棵樹木我也覺得珍貴。哪怕是一廂情願，哪怕是主觀和唯心，哪怕是對大自然和民衆們的單相思，我們成功了。

我早有一個決心，就這樣：一生中我要從一個個山口，一次次地靠近天山。有時會像在蒙古草原一樣，遭受心靈的激烈感動；有時只能簡單地過上一夜幾夜，呼吸一些新鮮的空氣。反正會有所思，有所得，也會找到寶貴的休息。

有一回我用畫描寫了它。那是一張隨意的油畫寫生：畫面的遠處正在下雨，孤立地平線上的兩個小山被雨洗過，鮮嫩得像是女人動人的乳房。近處道路泥濘，但色彩豐富明亮。

究竟是什麼時候已經記不清了，那次，我問起一個小山坡的地名時，牧民的妻子說了句什麼，她的句子裡有yungiz這麼一個聲音。

這個響聲在被我聽見的那一瞬間，像是什麼突然跌落、什麼一下子破碎了一樣，沒有音響，卻轟然震動。我心裡不由得一怔。那時我正醉心品味她的女聲，連同遠隔敵意和隔閡的綠山谷；那個古老的詞飄然掠過，像是一聲輕柔的天籟。

yungiz，蒙語是「努特格欽」，漢語是「你的家」。而我聽見，它在悄悄告訴我，它是我的秘密的休息地。不能盡譯；它攝人的滋味，不可知。

二

清晨離開車站的時候，天似晴似陰。起得太早了，我很睏，當車子開動以後，我昏昏沉沉地睡著了。

好像眼睛裡流進了白白的什麼，剎那被晃得趕快閉上眼，過了一小會又睜開眼睛。我醒了。這樣的風景不會常見；若不是努力提醒自己，我還會昏睡不止。心裡提念著，突然感到一股清洌，潮濕濕地從鼻孔眼睛同時流了進來。

滿眼白色的大霧繼續驚醒著我——白霧流開時，黝黑的山體就露出來，接著又是一陣濃濃的白霧，把進山的路完全塗蓋。大西南的青黑石頭山脊，和陣陣塗抹而來的乳白濃霧，互相摩擦著，互相撩撥著。

前往大理的分岔口還遠。山，並看不見。只是在感覺中，山壓著頂，夾著路。濃霧呼呼地流來，它遮蔽了、抹掉了山的輪廓。隔著流霧，山好像崢嶸萬狀。白霧飄過來，把一片片山岩刷成乳色；又疾疾流去，使大山凶險地閃露出來。尖銳的黑石棱幾乎擦破車窗。

自幼生在北國，從未見過如此的大霧；它繼續湧進窗子，浸漫周身，冰涼地嗆著鼻孔。我覺得冷，但是呼吸之間，連肺腑都感到透徹的清洌。

南國眞是一個夢境，難怪南方的女人水性有韻。次第露出的山體，水浸的黑礪中有一分青黛，然後在濃白的流霧裡隱形銷骨。

大霧時輕時重。墜落在山麓時，還緩緩地翻卷起來，再落人沿山的河裡。清晨突然闖進這樣的霧山路上，我怎能禁得住心裡的喜悅，出來眞是太好了，我想。

常聽南方的朋友埋怨北京的乾燥。我總是無話可說。他們還沒有充分體味那極度的乾旱再加上喧囂，沒有飽嘗心的疲憊。在北京那種地方，人們必須習慣乾旱燥鬧，必須習慣春天的風塵、飲水的鹼垢、難聽的京腔。必須終年地習慣環境、社會，還有人群。那座城市已經失盡情調，沒有奧深曲幽。胡同和城關，行業和社區，在瘋狂的推土機轟鳴之中，幾乎已經蕩然無存，變成醜陋的方塊樓和大馬路，變成一個大工地和大戰場。是的，那兒只是我的戰場，在那裡要決心枕戈達旦，直把家鄉當戰場。只有那樣決意，只有那樣咬住牙，戰勝它，活下來，才能保留一些對那兒的好感。

因此我沒有奢想，諸如清涼、滋潤、寧寂，諸如在一個清晨呼吸冰冽的霧，諸如水墨的大山，濺在河水上再翻卷起來的乳白的濃霧，諸如南國旅途的賞心悅目。

世界至少在這裡，至少在這個清晨是乾淨的。污濁被滾動游蕩的白霧一塗，一切都清爽純潔。山水霧路，遠近迷濛，難辨眞假，似畫似夢。我大口地吞著濕涼的白霧，覺察出自己已經醒來。庸俗的唯物論是太掃興了，大自然對人間的修改是多麼必要。

從眼睫和臉頰，從裸露的脖頸，從臂上的肌膚，涼涼的流霧在撫摸。我竭力辨別方向，想從霧中記住這個地點。何必一定要奔赴大理呢，下次累了時，我就逕直到這兒來。

夏台小憶

夏台只是一個鄉的名字，地在新疆昭蘇縣。當時它這個稱謂使用不多，一般被人俗稱為五公社。它和三公社（阿克牙孜）、四公社（查干烏蘇）一字並肩，組成了天山北麓最美麗的一條風景線，終點叫波馬。

後來我出訪過幾個國家，見過阿爾卑斯山、洛磯山等一些大山大嶺——我才明白了：夏台、阿克牙孜一直到波馬連成的一百多公里天山北麓的藍松白雪，乃是這個地球上最美的地帶。

當然人們會不以為然。但是若能列舉幾十項標準為衆山選美，我想不出其他山脈有什麼擊敗天山這一段山體的可能。

唉，夏台，我在你懷裡度過的五個月！

夏台又不僅僅是一個鄉一個公社，而是西域史上一個著名地點。唐玄奘西遊取經，越過一道冰嶺——即是此地。另外，比如準噶爾的英雄，也是經夏台翻過冰大坂逃往南疆的。夏台，意即梯子，指攀登冰峰的坂道形勢。夏台其地，不僅是南北疆的交通咽喉，而且是中國與印歐之間所謂絲綢之路的要衝。

於是，小鎮如巢，衆鳥來棲，夏台的兩條土路、百十座散落泥屋，便成了許多民族的浪人居留的家鄉。

夏台如同梅里美寫過的直布羅陀：每走十步就能聽到一種不同的語言。

諾伽斜著她不信任的眼睛，不情願地用蒙語應了一聲。我知道她認爲我應當說漢語。她的個子比其他十五歲的小姑娘高一些，淡黃頭髮，眼珠微綠，非常漂亮——她兼有俄羅斯人的身架和傲氣、以及蒙古人的顴骨和樸實。

她父親，收割機手烏力記巴特爾已經喝得醉了。那些年我總是喝酒，正像這些年我總不喝酒——草原世界的媒介是酒，宗教世界的禁忌是酒。我心裡有一種激動：爲我發現的這種人激動。什麼語言學院的教授專家，什麼外交部的首席翻譯，一切陳腐的崇敬都在夏台這間圓木和泥的小屋裡崩垮了。諾伽，這十五歲的混血小姑娘，是我有生以來見過的唯一的語言天才。

她和父親講蒙語的厄魯特方言。和母親講俄語；她媽媽是一位流入新疆的蘇聯人。在社會上，從兩三歲牙牙學語時就和維族哈族的娃娃玩在一起，所以她的維語哈語都如母語一般純正。

加上她在學校上漢語班（夏台的小學比北京大學還棒，它使用維、哈、蒙、漢四種語言授課，不同民族的兒童可以自由挑選）——所以，小諾伽就是一個兼通五種語言的天才。

或者不應該用天才來解釋。也許秘密的根源只在夏台；只要有夏台這個美麗而奇妙的小村莊，就會有像諾伽一樣美妙的人。

我絕望地回憶著腦子裡殘剩的幾粒俄語渣渣，在一張紙上企圖和那俄羅斯女人筆談。但是毫無希望——北京的一流高中、科學院的研究生院，在這裡都被宣判了它們教育的失敗。當然，也宣判了我以上學爲人生這種存在方式的失敗。我只能用蒙語和那女人談一點點。

我求烏力記巴特爾；他不僅喝醉了而且不會俄語。諾伽的母親用俄語對女兒講了幾句，但小姑娘調皮地一歪頭，就是不給我翻譯。

唉，那夏台的沮喪也是意味深長的！

後來，就一直沒有再能去一次夏台。我有時做夢都覺得那藍松白雪在向我湧來。汗騰格里七千米高的銀峰像一個矛尖。山麓的斜坡上舒展開一派牧草，種類比內蒙古草原複雜十倍。夏台入口的地方有一處有鹿的山洼；梅花鹿，眞地在那裡散步。風景中有嗆味有潮腥，有不同的種族和秘事。那種風景對於許多人是排斥的，對於有些人卻又讓他取之不竭。那種景色不但美而且大有學問，但是文人墨客又無法掌握。當你被成全了能夠入門理解它時——這美會喚醒一種深刻的感情。

我會寫很多關於夏台的回憶。我還會爭取畫出夏台的美色。最終目標是——在將來，在可能性賜予我身的時候，我一定要在夏台蓋一棟自己的小房子。

達坂城的寒夜

南北通道上的達坂城，其實並沒有一座險峻的達坂。古路在這兒貼著山坡漸漸爬高，越過一個不大的高度。牙古柏・別克築的城堡擋住關隘，像靜靜蹲踞的一只黑虎。不遠處雪山聳立，山上有兩處蘇菲的傳說古蹟，走近些舊城依稀，能辨認的都是各門的寺。

而從這裡通過，走的又只能是枯燥的新市街，白瓷磚，政府樓，一眼乾乾的沒看頭。

我通過的時候就聽說了小楊的事。人說他只喜讀書，而且特別喜歡我的書。「噫！那個人可是眞喜歡！」講述的人是個黑紅臉青年漢子，講時目光炯炯地瞪著我。「他那個念書，唉，咋說呢？就是抱住了書不動彈！」

於是我聽到了小楊的故事。他沒有事時，就去書攤上站定。一套我的文集擺在攤上，掏八十塊就歸他，掏不出八十元就歸攤主。只有那一套四本。聽說他經常把書拿起來，翻一會兒又合上，撫摸那書皮兒。「八十個元吆……」他總是這麼一句話。據說攤主早對他慣了，反正達坂城的書攤上，買的賣的總就是他二人，攤主坐悶了，他來摸摸書，兩人也算是相伴。

黑紅臉膛的青年阿訇微笑著，一邊講一邊望著我。怎麼辦呢？我環顧一下：四周還有幾個滿拉，也都眼睜睜望著我。雖然這個故事使我心裡滾燙，可是我明白：從這座要道路口的小鎮西去，一個個村，一座座寺，我是不可能每人送上八十個元的一套書的。

那天不久就見到了小楊。他個子小小的，穿著破舊，口齒笨拙，沒說什麼，只是低著頭，羞澀地笑。行色匆匆，達坂城東溝煤窯裡的馬老大等著呢，我們握了一陣手就告別了。

等我從南疆回來，車發托克遜客運站時，已經是黃昏了。那一日天氣奇冷，風在高空銳利地嚎叫著。我穿上了所有衣物，束緊了外套上所有的帶子。陪著我的波音師傅必須趕回去上班，我一個人在達坂城下了車。

一腳邁下車踏板，狂風就把我捲了一個踉蹌。大團大股的疾風湧進這個隘口，後來聽說那一夜是一年中氣溫最低的一夜，大約有零下二十五到三十度吧。我把波音師傅仔細囑咐過、我自己也來過一次的巷子口迷失了，跌跌撞撞走著，凜冽的風吹透了層層衣服，一直吹得冰涼的背心內衣在肌膚上瑟瑟地抖。周圍已被漆黑的夜吞沒，迎面撞來兩個人影，我兩次用維語問：「一個東干的寺在哪裡？」

兩個路人都教得準確。我到了寺門上，卻撞著一個鐵欄杆。裡面黑糊糊，背後寒風還在肆虐地掃蕩街道。我用力打門，鐵柵門匡匡地響，但壓不住嗷嗷的風聲。我又使著西北腔吼道：寺裡有人麼！——

一扇窗子亮起了溫暖的黃色。我馬上放心了。接著又一扇門敞開，黃亮的燈光下，有一個矮矮的身影，遲疑地站著。

我急忙自報家門。燈影裡他好像蹲下般怔了一怔，隨即小跑而來。是小楊，他一頭叮叮噹噹地開鐵門，一頭告訴我阿訇滿拉都被西溝李老二請去念白拉提了。

那更好，今夜咱倆好好開個座談會。我開著玩笑進了屋，一瞬間身子被暖和的空氣抱住，不禁從頭皮處鬆弛下來。洗臉，收拾，去飯館買一盤羊肉炒揪片子抱回來；把爐子裡加滿達坂城著名的無煙煤，把小屋燒得熱乎乎——我和小楊兩個人的、美滋滋又感動的一夜，開始了。

細細談過的種種心裡話，這裡不必一一再記。推心置腹分析過的他的前途事，這裡也沒有那麼長的篇幅。他家庭貧寒，在西海固已經娶親，卻遠出謀生。但他沒心思數算這些，他愛讀書。我詳細聽了關於那四卷本八十元的事，心裡盤算著怎樣給他弄一套。但是他似乎很滿足，因為他用不到十個元，買了一本蕭夏林那傢伙編的《無援的思想》。那本書裡的文章淨是彎彎繞，正好供他一條筋的腦子捉摸。幾次他和我說著說著，就又陷進翻開的那一頁裡。我記日記，他靜靜讀，半晌我倆都默默無言。我住了筆，抬頭看著他，這西海固的流浪莊稼人讀得專心致志，只聽見煤炭在爐子裡熊熊地燒，大風在門外轟轟地吼。

我打斷他：不念了不念了，咱倆合個影！

他一聽大喜，眼睛裡閃起兒童般的神情。眞的？有膠卷麼？先把屋子收拾起？這屋髒的咋照？走！阿訇房子有沙發。

我說：「不用收拾，就在這兒，在你炕上。你上炕，拿上你那無援思想。」我把相機設置在自拍上，按了快門，跑過去靠在炕上，面對著這位愛書家。他似乎又陷進了閱讀，閃光過後，好一陣才把眼睛從書本裡拿出來。

臨睡前我突然覺得，別忘了這個寧夏青年，於是我又一次仔細問了他的名字。他有兩個名字，「一個是老師安的，一個是家裡安的，張老師，你給安個好的吧！」他說。

我咋能亂給人安名字，我說。天太晚了，咱睡吧。一天顛簸和挨凍，暖透的身子裹在阿訇的被窩裡，我睏了。

「那咱就休息，」他立即放下書本。又等了等我，「咱休息麼？」我已經睜不開眼睛，嗯了一聲。於是，他就小心翼翼地拉滅了燈。

相約來世

不知爲了什麼，無論見識過多少美麗的城市，我卻總是嚮往著那裡。

不知爲什麼我總是只要有一絲機會，就想去看看那座神秘的小城。不知爲什麼我總覺得此生若還有一件遺憾，那就是沒有眞正成爲喀什的兒子。我說不清楚對喀什懷著的是怎樣的一種感情，雖然它清晰地時時在我胸間湧漲。它不是嫉妒也不是後悔，它不是浪漫的幻想更不是夢，它只是一種因爲覺察到「沒有那樣活過」而導致的深刻空虛。

十幾年來我多少次寫到喀什。近來我似乎覺得緊急，甚至提筆就只想寫它。可是寫了，出版了，對著蒼白的文字，那是蒼白的自己啊，我如怔似痴，心中久久漾動著一種此情難表的感覺。

而且不管我怎樣勤奮學習調動知識，不管我怎麼兩腳泥巴。唯有對它才使人陷入悲觀：即便我滿懷眞摯，喀什噶爾是難以描述的。

我從來沒有他們那種殖民強盜般的狂妄。自從第一次見到了你，我就開始了思索。結論太遙遠，我就暗暗樹立了起碼的尊重。每一個陶罐，每一輛風塵僕僕的毛驢車，每一個白髯的老者和白磁般的兒童，都連接著那麼巨大的命題：逼人思索人道和國家、隔膜和親密。這一切令人感覺沉重，漸漸地難以訴說。你這中亞名城莫名地塗著一抹憂鬱，站在你的土地上我總是暗自難過。

闊別再來的時候，我如一個「私人的塔里甫」（經學生），剛從民間的師傅那裡求學歸來，帶著接近你的鑰匙。我被接受進入了你的幽深；你，我，還有「他」。我們舞蹈和讚嘆，如醉如痴地交流在同一個圈子之上。

但是那不是我的本意。難道是不平和苦難使人遠離本性麼，我不願做一個——哪怕是被歡迎的遠客。喀什噶爾，這奇妙的小城是爲了給世界補充一種生活方式才誕生的，正因此哲人們才感到陶醉。

不管我最終只能獲得怎樣的結局，不管我的一生過得多麼蒼白黯淡，我不會在這樣的遐想中退卻：我在自己的心中，會永遠牢牢地抓著一張圖畫。它是我一世的憧憬。

在那幅圖畫中，綠蔭遮蔽的白泥小巷錯綜曲折，一座座幽靜的低矮院落鱗次櫛比，簇擁著清眞寺的圓塔。在一座沉默的小院外面，一個小夥子總是仰望著院牆裡的窗戶，彈著琴唱著。濃郁的無花果和葡萄的氣味彌漫著，遠遠地飄向土壤壘起高塔的清眞寺。院牆用摻了天藍的漿子塗過，涼爽而漂亮。隔著窗子，能看見裡面的紗幔。它遮住了一個用陶壺背水的喀什噶爾姑娘，不管琴聲響了多久，不管歌聲已經嘶啞。路人已經司空見慣，大家微笑著，似是同情似是贊許地，點點頭，和他擦肩而過。

對著這幅心中的畫，我獨自注視了那麼久，日復一日，年復一年。後來我明白，這張圖畫已經如鏤似蝕，慢慢地刻進了我的心房。我可能一直沒有提及它，但是我沒有一刻忘記它。年深日久，爲了這幅畫面，我甚至逐一雕刻細節，編上注解，添上路線，加上故事。我覺得它才是我此生的前定，只是醒悟得太晚，如今已是歧路之上，欲罷不能了。在這樣的思念中我衰老了，從一個多感的少年，變成了一枝枯墨的禿筆。

今年還去麼？我注視著臨近的春日。我通常在夏秋之交出發，在那裡盤桓一個季度。但我更願意在寂靜的冬天，在任何一個時刻趕赴那裡，哪怕有一個瞬間的縫隙，哪怕判斷一絲微弱的呼喚。

但是無論此世還有幾次重逢再會，我不能實現那張圖畫裡的命運了，那個苦戀著小巷深處背水姑娘的少年，已經不能在嘩嘩地掀動楊樹葉子和催動滾滾渠水的晚風裡，每天晚上走向一座土壤的小院。他已經不能徹夜地給心上人唱歌了。

在今新疆（或日本人愛稱謂的東土耳其斯坦）東端吐魯番。

吐魯番是維吾爾人最古老的故鄉之一，地名輾轉變化，今稱Turtan，是亞洲東部著名盆地，盆地正中艾丁湖水面海拔負一百五十四米，以盛產葡萄甜瓜爲人稱頌。

在吐魯番盆地正北，有一道顏色鮮紅、寸草不生、溝壑掙扭如火苗絲絲的淺山，哪怕只是看它一眼，也覺得眼瞳灼痛，如烤如燙。長久以來——但是確切的年代不詳——此山被用漢語喚作火焰山。

吐魯番的維吾爾人也用生硬的漢語借詞稱呼它：一九八二年，我先是騎馬，後乘毛驢車踏查火焰山時，鑽遍這道盆地北緣的鮮紅山脈中的每一條山溝。從勝金口、吐峪溝、木頭溝，直至葡萄溝、桃兒溝、大河沿溝。可怕的灼烤每天都從清晨直至日落折磨著我和我的維吾爾人嚮導Litep。我從第一天起，確切地說是從第一天上午起，就感到體內和皮膚裡的水分被曬乾了，唇上瞬息之間便結了一層紫黑色的、厚硬乾裂的痂，只要一開口說話，那硬痂便流血，疼得說不出一個長句子。我心裡想，大概，孫悟空在這兒也一樣渴得半死吧。

我問Litep：

——Bul tag, Bul tag-eng ate ne degen? Bul tag, At?

這是非常糟糕的維吾爾語，意思是：這個山，這山的名字叫什麼？這山，名字？

Litep簡短地答道：

——Ko yan zan。

他說的是「火焰山」。

究竟是因爲維吾爾人也讀了《西遊記》，才受影響使用了這個漢語借詞地名呢，還是因爲更古老的歷史滄桑中，漢族移民早把這個地名留在了這裡了呢？

可以斷定的只是：如我的朋友Litep，是承認吐魯番北緣這條紅山枯山叫做「火焰山」的。

後來，那個一九八二年幾近恐怖的曝曬我至今記憶猶新。我們沿著火焰山的坡麓，一個村莊一個村莊地、一處古蹟一處古蹟地、一道溝一道溝地，走完了我們用毛驢車走了十天，而乘坐日本電視台考察隊的空調小汽車只用半天就可以遛完的長旅。火焰山，它那外貌酷似一絲絲火苗掙跳的形象，也牢牢地留在了我的心裡。

然而，那次我們還離開火焰山，縱向地向正北走了一條路線——即從吐魯番盆地北緣的這條村落密集的淺山走向天山山脈主體的路線。起點是木頭溝，在十九世紀末諸大盜探險隊的文件中，它被標爲Multuk；終點是煤窯溝，一個天山南麓斜坡上維吾爾、回族混居採煤的大村莊。煤窯溝坐落在傾斜的天山南坡上，出門便要彎腰爬山，或者順坡下山。維吾爾村與

眞是此恨綿綿。看來，只能相約來世了。

當然我還會去。開個玩笑吧：沒能結識姑娘雖是遺憾，不過我畢竟結識了姑娘的父親。無論如何，秘境的中亞，畢竟對著我掀開了面紗的一角。如果能忍受一種年華遠逝的苦楚，我的本質畢竟被她承認了。黑暗裡我看見那小院木扉敞開，爐灶裡通紅的火閃跳得令我心醉。

只有對野蠻的強盜，道路才顯得險惡。我將如同一個滿懷虔誠的、求學的塔里甫。我認識姑娘的父親，大路兩旁都有人對我問好。我可以在穿過分水嶺以後，露出本色，憑經取道。托克遜，庫迷什，我將吃飽噴香的拉麵，再提上一串紫紅的葡萄。民衆有什麼恐怖？是誰在談虎色變？卡拉沙爾，阿克沙爾，我將一路順風地奔赴喀什。

會有一個太平時代；會有一種深沉的和平，會有自然的秩序，更會有正義的降臨。那時人將懂得敬重他人。那時文化如同清甜渠水澆灌的「古麗斯坦」，薔薇的花園。

那時的小夥子可以不再爲思想而痛苦。他可以學一種自然的技藝，比如打饢、鑲嵌、木匠或者鐵匠。白天讓汗水出得酣暢，晚上拿上一把琴，熱瓦甫或是吉他，到姑娘家住的深深巷子裡去，一直唱到月上中天。

火焰山小考

全世界兒童都知道孫悟空。無視中國怎樣江山不幸，無論中國人怎樣招人歧視，孫悟空與小說《西遊記》，總是中國永遠的屬物。其中孫悟空一行長旅中的遭遇之地，如火焰山，也永遠是人們憧憬的勝地。

而火焰山的故事，其實還沒有講完。

身處生死攸關之間，動輒存活大計——便漸漸厭惡裝模作樣的學者之態。本來可製論文的材料，怕被學者們偷讀可惜了，於是漫筆散文，讓勞累的大衆能借以神遊——這是我近年來採取的形式。人應當有在地球上旅行的權利；我常常盼自己的文章能成爲一種供人們讓心靈在大地上散步時的可靠嚮導。

火焰山，應當是牛魔王髮妻——鐵扇公主的份地。據小說描寫，路在長安城正西，山上烈焰千年不滅。可是，後人精心研讀後，考定火焰山確在其地，神話常常生於現實，火焰山回族村之間有一道大路相隔，各有一座清眞寺，互不混擾，相敬相遠。住民中，輩輩以挖煤求生者居多。

此行路線，還有有關地理，我做了一個示意圖附上。

話題稍稍偏離一下：

在那次調查之前兩年左右，我曾騎馬踏勘了此行路線以西的另一條道路——敦煌文書中稱爲「他地道」的天山孔道。那是一條眞正自古以來使用的古代天山的歷史古道。歷代史書記事不斷；學者們雖然並未用腳踩過那條古道上的泥，卻是精心對之鑽研，論文遍見中、英、日文學報刊。

其中，日本早稻田大學長澤和俊撰文，以爲《宋史》關於東部西域的基本史料《高昌傳》乃是斷簡錯編，應予以校正。他在〈王延德のく使高昌記フにつソて〉（東洋學術研究，一九七五，十四—五）一文中，不僅認爲《使高昌記》（原題《西州程記》，高昌、西州，均指今吐魯番）即二十四史之《宋史‧高昌傳》史源屬於錯簡脫刪的殘本，而且進而謀之，自己復原了一個「應當正確」的《宋史‧高昌傳》。

這是一個必敗的動作。我受業於北京大學考古學系，我憑直覺也明白：長澤氏此舉是一個中國的大學一年級學生也不會犯的錯誤。於是，我決定鑽研這個問題。

學術必須兩腳沾上泥巴才可能可信。我在一九八〇年騎馬調查了天山東部的古代通道即王延德當年代表宋朝出使高昌的通道——沿途景物遺痕，一一與那位使節一千年前的記錄相合不二。

關鍵在於一種西天路上的特產——礦砂。宋朝使臣王延德在筆記中寫道：「北庭北山中出礦砂。山中嘗有煙氣湧起。無雲霧，至夕，光焰若炬火，照見禽鼠皆赤。采礦砂者著木底鞋取之；若皮為底者，即焦。下有穴，生青泥，出穴外即變為砂石。」這裡提到的怪物產「礦砂」，是歷朝歷代西域諸國向中原皇帝必進的貢物。治《西遊記》的人未能關心，而搞歷史的人卻盯住了它。

長澤和俊重修《宋史・高昌傳》之舉，是建立在同一早稻田大學之松田壽男對礦砂的研究之上的。松田氏有名著《古代天山的歷史地理學研究》；他自稱礦砂考證在其大著之中「時時成為重要的鑰匙」。

然而，偏偏是礦砂問題被他全部搞錯了。

松田氏考定：礦砂僅僅產於龜茲（今庫車）。然而，一九四六年中國地質學家關士聰在吉木薩爾（北庭）水溪溝發現了礦砂。松田氏又考定：礦砂產生原因在於火山活動，而中國科學院的火山專家告訴我，如果一千年內天山有火山活動，那孫悟空就不是猴子而是活人。

核心在於地層。考古學和地質學的命脈都在於地層學。從甘肅到新疆，尤其在天山山脈侏羅紀地層中的煤炭普遍存在自燃現象，這種在地下的自燃的煤炭產生的氣體，在地表裂隙形成多種非金屬礦產——礦砂即爲其一。

我曾發表論文《王延德行記與天山礦砂》（文史，二十輯）整理了這個問題，並且指出松田、長澤之論不確；此事已毋需再論。

而且，學者們通常認爲（包括我）——「北庭北山中出礦砂」一句中「北山」應該改爲「南山」，因爲水溪溝位於北庭南方。其實，再三吟味王延德的「小西遊記」，他描寫的是高昌國四至，即高昌國境內。高昌王通過夏宮北庭一直控制到阿勒泰南麓，至今人均泛稱阿勒泰山、北塔山爲「北山」。其中準噶爾荒漠盆地亦在北庭控制之中。準噶爾盆地中有一處地名煤窯的地方，據一九五九年中國地質學家調查，那遙遠的北方也有礦砂出產。看來，不僅《宋史・高昌傳》全文改動不得，連一個「北」字也未免敢輕易亂改。修正《宋史・高昌傳》壯舉，犯了史家大忌。

插入以上兩頁，已傷文章趣味。眞正值得注意的是，人們憧憬不已的美麗天山究竟是怎樣一道山脈？《西遊記》中大書特書的火焰山，難道眞的就是吐魯番北面那道焦渴鮮紅的低矮小山嗎？

未必如此。

對小說進行實證，確是一種荒謬的方法。但是《西遊記》一書虛虛實實，往往又以眞實爲神怪。人們已經熟知：小說《西遊記》是因唐高僧玄奘西域壯遊而逐漸編成的。唐宋以來，人們對西域傳奇的山河故事，往往基於這種秘境壯行而產生。其中必有眞實——包括一座烈焰熊熊的奇山，也未必全是想像力的創造。

日本松田——長澤邏輯是錯誤的，因爲它的思路是：歷代礦砂史料多見庫車（南疆，古龜茲國），僅宋王延德一條即《宋史．高昌傳》記有北庭（北疆，今吉木薩爾），因此少數必誤，《宋史》當改。這種邏輯的錯誤在於它不懂歷史和歷史殘片（史料）間的關係。

然而，小說《西遊記》中記載的火焰山很可能基於天山山脈的煤層自燃現象——因爲天山北麓均是古代東西交通孔道（絲綢之路）的主線，北庭或庫車，一在山北一在山南，在昔日確實有過山中火起的奇觀——盛唐以來奔波於那路上的旅人不可能沒有耳聞目睹——見聞流入中原，在民間釀爲傳奇——後日爲編纂《西遊記》的人引發靈感；這種邏輯卻是順理成章的，因爲它符合中國古典名著與古人知識之間的規律。

否定吐魯番盆地北緣那道淺紅色小山即火焰山，尚爲時過早。尤其是，我們尚不能準確地判定維吾爾族住民對它的稱謂之一——Ko Yan Zan即「火焰山」——這個漢語借詞或漢語地名產生的年代。

但是，據黃汲清、關士聰等民國時代的新疆地質學家們記載：吉木薩爾（古北庭）出產礦砂的煤層自燃地點之火勢，正逐漸變小。筆者本人於一九八〇年調查該地時，火苗已熄。可知在四五十年間，那火勢一直在變弱。回首宋人王延德目睹的照亮了鼠獺的火勢，可以感到千年前確實曾有大火，千年內漸漸衰竭。若如此，唐代之天山某個地點，難道不可能眞的烈焰熊熊，難道不足以使旅人目瞪口呆嘆爲觀止嗎？

作此小文，只求使讀者對中國古典名著《西遊記》增添一點興趣，並且對天山——那道雄奇美麗的大山脈增添一點知識。

是的，關於天山的知識是學不完讀不盡的，誰能想到那道藍松白雪的山脈裡，還曾經有過熊熊燃燒的峰谷呢？

正因此，中國人的《西遊記》確是偉大的，它使我們對山河自然的憧憬更加深沉了。

嵌在門框裡的耀眼綠色

一

對我來說，它位於整個北亞草原的處處。

在夫山深處的哈薩克家裡，我的視野和瞳子受過一次烙燙般的衝擊。那是從氈房深處，穿過敞開的木扉，一方亮得耀眼的、鮮嫩欲滴的綠色正嵌在那裡。山麓的松林、滿漾的草潮在那長方形的綠彩裡浮動搖曳，生靈般栩栩如生。哈薩克的孩子們擁有這樣的視野，而且是從孩提時代——我這麼想著，總覺得自己悟出了一個什麼道理。

後來我心裡便存上了這麼一個意象。我多次在文字中提及它。在一篇記敘自己人生美麗瞬間的作品中，我把在那一方明亮綠色中穿來穿去的孩子，寫成了一個絕美的少婦，記不清她是克烈部落，還是屬於柯扎依部落的。在另一篇描寫休息之家的短文裡，我把這個意象的場景改成蒙古草原，把穿行閃幻於那方綠色的人物，換成我家的五一。但我始終覺得描寫乏力，攝影更乏力，我表達不出——門框嵌住的一方明綠帶給我的感受。

二

人要獲得怎樣的機緣，才能和美如此接近呢？人若是生於如此的美景，又會被造化怎樣的氣質呢？人要是懷著這樣的蘊藏和氣質，又爲什麼默默無語、不求表達呢？

這個問題，其實極其重大。

我曾經非常考證地問一個哈薩克：「以前，天池眞的只是你們部落的夏營地嗎？」

「是的。我一千個保證，是這樣。」他不僅斬釘截鐵，而且充滿哲理地直視著我回答。

那麼我就懂了。爲什麼我們和別人，和那些精英大家總是格格不入？爲什麼人與人有著不同的觀點、哲學、傾向，以及立場？——原因很簡單，我們的血性不同。我們之間的分歧不是由於哲學，而是由於氣質。

氣質和血性，如天山上的冰川一樣，是一切的源頭。也許我熱愛的氣質，我珍惜的血性，它的起源還是一個謎。但這僅僅是就我而言。對天山和北亞草原的牧人們則不同，他們的美質，起源於無雙的美景，孕育萌生於自由自在的大自然。這樣的牧人天地，完全不同於製造輕狂文人的單元小區體制單位，這樣的天人和諧、地傑人靈，是造物主千年一施的美意。

以後，它就要退隱消失，一逝不返了。

粗飲茶

自幼看慣了母親喝茶。她總說那是她唯一的嗜好，接過我們買來的茶時，她常自責地笑道：怎麼我就改不了呢，非要喝這一口？

那時太窮，買不起「茶」，她只喝「茶葉末」。四毛錢一兩的花茶末，被我記得清清楚楚。後來有錢了，「茶」卻消失，哪怕百元二百元一兩的花茶；色濃味淡，沏來一試滿腹生疑。乾脆再買來塑料袋裝的便宜貨，與昂貴的高級花茶各沏一杯，母親和我喝過後，都覺不出任何高下之別。苦笑以後，母親飲茶再也不問質地價格；我呢，對花茶全無信任，一天天改向喝綠茶——或者姑且說「粗茶」。

提筆前意識到：以中國之遼闊，人民之窮窘，所謂粗茶之飲一定五花八門不勝其多。我的一盞之飲，也僅限於蒙、哈、回三族的部分地區，豈敢指尾作身，妄充茶論！

一

在嘗到蒙古奶茶之前，我先在革命大串聯時期喝過藏族的奶茶。後來我才懂得他們比蒙古人更徹底地以茶代飯。藏民熬茶後加入酥油，這個詞又在北亞各牧區各有其解。當然說清楚游牧民族的黃油、酥油、奶油不是一件易事，難怪日本學者總聽不懂；因爲他們對這些其實是奶製品的油只有一個詞描述，而且是外來語：butter。加酥油的茶拌上炒青稞麵，就是使偉大的吐番文明溫飽生衍的糌粑。漢人們吃不慣，覺得酥油茶是懲罰，因此住一陣就溜，始終完成不了他們摻砂子的大業。而酥油還算奢侈；第二碗糌粑是用「達拉」拌的，達拉就是脫脂後的酸奶。一般人們一餐兩碗糌粑，一碗用酥油一碗用達拉，——然後再慢慢喝茶。

蒙古人的文明可能並非與西藏同源，他們喝奶茶時不吃麵，吃米。與粗糙的青稞麵對應的是粗糙的帶殼糜子，蒙語譯爲「黑米」。主婦用一個鐵箍束住的圓樹幹挖成的舂筒，裝進炒熟的黑米，有空就搗。那種家務活兒很煩人，插隊時我經常被女人們抓差，抱著杵，一邊搗一邊問「行了吧」？

在奶茶裡泡上些新舂出來的黑米，剛脫殼和炒得半焦的米，使這頓茶噴香無比。當然，我們不像高寒的西藏；我們還往茶裡泡進奶皮子、奶豆腐。還比如嚴冬時泡進肥瘦的羊肉，喜慶時泡進土製的月餅。

蒙古牧民的奶茶用鐵鍋熬。磚茶被斧子劈下來（大概蒙古女人唯此一件事摸斧子），再用皮子或布片墊著砸碎。茶投入滾鍋，女人一手扶住長袍前襟，一手用一只銅勺把茶舀起又注回鍋裡。加一勺奶，再注進，再舀起——那儀態非常迷人，它如一個幻象永遠地印在了我的記憶裡。

然後投進一撮鹽池運來的青鹽。

蒙古牧民用小圓碗喝茶。兒童用木碗，大人瓷碗。景德鎮出產的帶有透明斑點的藍邊細瓷碗，特別是連景德鎮也未曾留意的「龍碗」——最受青睞。吃著飲著，空腹飽暖了，疲乏褪去了，消息交換了，事情決定了。

那一勺奶舉足輕重。首先它是貧富的區分，「喝黑茶的過去」，說著便覺得感傷。今日若碰上個懶媳婦沒有預備下奶，倒給一碗黑茶，喝茶人即使打馬回家時，心裡也是忿忿的。

字面意義的六十年代，我在草原上的茶生活，基本上靠的是無味的黑茶。奶牛太少，畜群分工，牧羊戶沒有牛奶。蒙古牧民不能容忍，於是夏天擠山羊奶——也許是古代度荒的窮人技能。奶茶都是在牧民家喝的，而且集中在夏季。舂黑米，飲黑茶，那全套舊式的日子，大概只有今天流行的民族學社會學的博士們羨慕了。當年的我們並沒有在意，歷史特別寵愛我們這一代，它在合上本子之前讓我們瞟了瞟最後一頁。

即便在炎熱的驕陽曝烤之後，蒙古牧民不取生冷，忌飲涼茶。曬得黑紅的人推門彎腰，腳邁進來時嘴裡問的是：有熱茶麼。

待客必須端出茶來，這是起碼的草原禮性。對白天串包的放羊人，對風塵僕僕的牧馬人更是如此。而尋求充飢的男人則必須有肚子，不能咽吞不下。還需要會一種舐吞嚼的飲茶法，漫談時舒服地躺在包角，半碗茶放著不動；要走時端起碗，把它在虎口之間轉著，舌頭一舐；奶茶一沖，嚼上幾口——炒米奶食的一頓茶就頓時結束。然後立起身來，說完剩下的幾句，推門告辭。

我就學不會這種飲茶法。有時簡直討厭炒米。我的舌頭每舐只黏一層米，而碗裡的卻愈泡愈脹，逼得人最後像吞砂子似地把米用茶沖下胃。而且不敢爭辯；因爲不會喝茶，顯然是因爲沒挨過餓，闖蕩吃苦的經歷太少。

今年夏天我回去避暑，一進門就是一句「空茶」。這是我硬譯的，也可還原爲「空喝」，就是不要往碗裡放米、奶豆腐，只喝奶茶。其實阿巴哈納爾一帶風俗就與我們烏珠穆沁不同，人家把奶食炒米盛爲一盤，聽便客人自取，主婦只管添茶。我曾經耐心地多次向嫂子介紹，無奈改不了她的烏珠穆沁習慣。

習慣眞是個不可理喻的東西。北京知識青年裡有不少對，移居城市兩口子還遵從奶茶生活。一次我去東部出身的一對知識青年家喝茶，發現他們茶裡無鹽。我驚奇不已，這才知道東部幾蘇木的牧民茶俗不同。我們均是原籍西烏旗的移民家住熟的知識青年，茶滾加鹽絕不可少，居然和他們舊東烏旗殘部再教育出來的知識青年格格不入。

蒙古奶茶的最妙處，要在寒冷的隆冬體會。不用說與鄭板橋「晨起無事，掃地焚香，烹茶洗硯」一一相反。其時疾風哀號，摧搖骨牆，天窗戛然幾裂，凍氈悶聲折斷。被頭呵氣結冰，靴裡馬鬃鐵硬，火烤前胸，風吹後背。嫂子早用黃油煮熟小米，鍋裡剛剛熬成奶茶。抽刀搬肉，於紅白相間處削下一片，挑在烔筒壁上。油煙滋滋爆響，濃香如同熱量。吃它幾片以後，再烙烤一片胸杈白肉，泡在米中。茶不停添，口連連啜。半個時辰後，肚裡羊肉、黃油飯、滾茶樣樣熱燙，活力才泛到頭腳腰背。這時抖擻精神，跳起穿衣，墊靴馬鬃已經烤乾。繫上帽帶，抓起馬嚼，猛一推門，衝進撲頭蓋地狂吼怒號的風雪之中。大吼一聲：好大的雪啊！隨即大步踏進風雪找馬。

其時裡外已被寒風侵透，但是滿腸熱茶，人不知冷——嚴酷的又一個冬日，就這樣開始。

沒有料到的只是：從此我染上了痛飲奶茶的癖習，以後數十年天南地北，這愛癖再也無法改掉。

二

剛剛接觸突厥語各族的茶生活時，我的心理是既好奇又挑剔。對哈薩克人的奶茶滋味，雖然口中滿是濃香，心裡卻總嫌他們少了一「熬」，——哈薩克的奶茶是沏兌的。

但是很快我就折服了。

伊犁牧區的柯扎依部落，在飲用奶茶時的講究，不斷地使人聯想到他們駐牧地域的地理特性。他們顯然接受了波斯，甚至接受了印度和土耳其或地中海南岸的某種影響。一只造型優美的大茶炊是不可少的，旁邊順次排開鮮奶、奶酪、黃油，以及一小碟鹽。另一只是濃釅超度的、事先煮好的茶。當然更不可少的是主婦；她繼承了古老的女人待茶的風俗，把一撮鹽、一塊黃油、一勺奶皮子、一碗底鮮奶依序放進碗裡，然後注入半碗或三分之一碗釅茶。最後傾過大茶炊，滾沸的開水冒著白煙沖進碗中，香味和淡黃的顏色突然滿溢出來。

然後她欠身遞茶，先敬來賓，再敬老者。她在自己喝的時候，留意著氈帳裡每個人的碗，隨時放下自己的碗，再爲別人新沏。這一點，女人在這種時辰的修養和傳統，通行北亞諸族毫無區別，我猜它古老之極。

常有美麗的少婦蹲在炊前待茶。但是用無聊的漢地文人的把戲是不通的，她們不會接過話頭，大多根本不答。最後一角的老者接過話題，讓答問依主人的規矩繼續進行。

第二碗下肚以後，頭上汗珠涔涔。這就要補充關於碗的事：哈薩克牧區喜用大海碗。我儘管在早期用蒙古龍碗對之質疑；但是後來，我懂了，讓滾熱的奶茶不僅暖和肚腸，還要讓它使全身發汗，讓人徹底從內臟向四肢地鬆弛暖透，最後讓心裡的疲憊完全散盡——非用柯扎依部落的這種大碗不可。

在天山中，一名騎手或遊子目擊了過多的刺激。夢幻般的山中湖已經失去了，但從雪峰上遠遠瞥見了它。鞍上已經沒有叉子槍甚至沒有一把七寸刀子，但在小路上看見了野獸。冬季暖日，看見大塊的積雪從松梢上濕漉漉地跌下，露出的松枝和森林都是黛青色的。牧場如此峻峭，道路如此險惡，從親戚家的老祖母的乃孜勒回家一路，有那麼多大大小小的事情發生。事情經常令人不快，而天山如此美貌——矛盾的牧人需要休息，需要用濃濃的香奶茶把累了的心泡一泡。

在新疆走得多了，我被哈薩克的奶茶逐漸改造，以至於開始爲它到處宣傳。也許是由於疲累的糾纏，我變得「渴茶」。我總盼望到哈薩克人家裡去，放鬆身心，喝個淋漓痛快，讓汗出透，讓鬱悶發散。北京有兩家哈族朋友，他們已經熟悉了我的內心，總是不問時間地，在我敲門進屋以後，馬上就開始兌茶。

哈族式奶茶的主食不是炒米，是油炸的麵果子包爾撒克，這個人人都知道。哈式飲茶更重要的是音樂；氈房掛著一柄冬不拉，奶茶幾巡之後，客人就問到這柄琴。他並不說彈。主人遞給他後，話題便轉到琴上。不知不覺誰彈了起來，突厥的空氣濃郁地呈現了。他們是一個文學性非常強的集團，修辭高雅，富於形容，民歌採用圓舞曲的三拍子。

這樣，在天山北麓的茶生活就不單是休憩和游牧流程的環節，它在和諧的伴奏中，發育著豐滿的情調。

視野中又不僅僅是單調草海，而是美不勝收的天山。藍松，白雪，無論沉重或者歡快總悄然存在的美感——所謂良辰美景對應心事，所謂「四美」，好像差一丁點就會齊備。

那時禁不住讚嘆。茶後人們都覺得應該捧起雙手，感謝給予的創造者。我的慨嘆還多著一層，我反覆地聯想起蒙古草原；想著我該怎樣回答這樣的經歷。

最後是個磚茶的輸入問題。磚茶是農耕中華和游牧民族之間的聯繫。古語有「茶馬交易」，一句千鈞。確實，唯有這句概括本質。其餘比如「絹馬交易」就未必影響遠及牧區奧深；宋與西夏之間的「青白鹽之爭」更是地理決定歷史。一個游牧社會，尤其是一個純粹的游牧社會，它可以不依存農耕世界繁衍和生存下去，只要給它茶。

不穿絹布可以有皮衣。不食粟米可以「以肉為食酪為漿」。茫茫草海雖然缺乏、但並非沒有鹽池。草原蘊藏複雜；自遠古就盛行黃金飾具和冶鐵術。

只是，生理的平衡要求著茶。要濃茶，要勁大味足易於搬送的茶。多多益善，粗末不拘。於是，川茶、湖茶、湘茶應召而至，從不知多麼久遠的古代就被製成硬硬的磚頭狀，運向長城各口，銷往整個歐亞內大陸的牧人世界。

唉，磚茶，包括湖北四川的茶場工人在內，有誰知道磚茶對牧民的重要呢？同樣的青黑磚茶，在蒙哈兩大地域裡，又受到了不同的鑒賞。

哈薩克人把色極黑、極堅硬的磚茶，描寫式地稱做tas cai，即「石頭茶」。對另外幾種壓製鬆緊和色澤不同的茶磚，不作過分嚴格的區分和好惡。據我看，他們飲用更多的是蒙古人稱之「黃茶」的黃綠色、近兩寸厚、質地比較鬆軟的磚茶——而這種黃茶被蒙古牧民視為性涼、不暖、比「石頭茶」差得多的劣等貨。烏珠穆沁牧民堅持認為石頭般的hara cai（黑茶）性熱、補人，甚至能夠入藥。

三

成人之後又走進第三塊大地，在蕭殺荒涼的黃土高原度世。我在數不清的磚房、廈子房、土夯院、窯洞和卵石屋裡，結交農戶，攀談掌故，吃麵片，飲粗茶，一眨眼十數年。

在河州四鄉，人們喝的是春尖茶。產地多是雲南，鋪子裡都是大簸籮散裝。攤鋪主人經營茶葉買賣多是幾輩子歷史，用兩張粗草紙，把一斤春尖包成兩個梯形的方塊錠子。再罩上一張紅豔的土印經字都哇紙，繩兒轉過幾轉，提上這麼兩錠茶，就是最入俗的禮性。

春尖茶也大多含些土，沏水前要把茶葉先撲抖一番。漸漸泡開的茶原來都是大葉，彷彿沒有打磚壓型的茯茶一般。我心裡有時琢磨，春尖茶和蒙疆兩地使用的磚茶，味道不同，源頭不一，只一個粗字概括著它們的共性。粗茶對著窮日月。慢慢地，我幾乎要立志飲遍天下的窮人茶，爲這一類不上茶經的飲品做個科學研究。

不過在甘寧青，黃土高原的茶飲多用蓋碗子。這種碗用著麻煩，其中訣竅是——有一個伺候茶的人，在一旁時時掀開碗蓋續水。做客的不必過謙，儘管放下便聊天扯磨，由著那侍者提著滾開的壺添水。確實那僅僅是添一口水；蓋碗子裡面，民俗禮節要求碗口溢滿。

在清眞寺裡閒談最方便：一個眉清目秀的小滿拉，永遠一頭津津有味地聽，一頭微傾開壺，注上那一口水。若是話題重大，他添水時更加莊重，注水時不易察覺地嘴角一動，輕輕地自語一聲「比斯民倆西」。

在農民家炕頭上也沒有兩樣，大都是晚輩的家兒子或者侄兒子斟水。女人不露面。似我一來再來的客，日久熟識了，女人不再規避，也只是立在門口聽。她若倒茶，要先遞給自家男人，再轉給客。貧窮封閉僻壤，民風粗糲。一旦有緣和那些農民交了朋友，便覺得揪麵片子噴香誘人，春尖粗茶深有三味。老人們立在屋角，過意不去地說：「山裡，尋不上個細茶，怕是喝不慣？」而我卻發覺，就像內蒙新疆一樣，所謂xiar、hara和tas；所謂春尖和粗細的種種命名分類，其實都是後來人比附。在茶葉和茶磚的產地，一定另有名稱和茶農、茶工的職業見解。南北千里之隔，人們逕自各按各的方式看待這些茶，其中觀念差之千里。若說還有什麼相通之處，也許只在一個粗字。

粗茶的極致，是西海固的罐罐茶。

我是在久聞其名之後，才喝到了它的。當然我完全沒有料到，這種茶居然與我發生了那麼深刻的關係。我還懂了：其實貧瘠甲天下的排名，未必就一定數得上西海固。若以罐罐茶爲標誌劃分，就我陋見，甘肅的岷縣也許才是第一？

滿掌裂繭的粗黑大手，小心翼翼地撮來一束枯乾的細枝。不是樹枝，是草叢中或者能算木本的、一些豆細的蓬蓬乾枝。架起的火苗只有一股。這火苗輕輕舐著一個細筒（約一尺高、寸半粗細、薰燒得焦黑的鐵直筒）的底兒，而關節粗壯的手指又捏起一撮柴，顫顫抖抖地添在火上。鐵筒有個把子，焊在頂沿。煮的水，並不是滿罐，而是一盅。茶是砸碎的末，而且，是蒙古人稱做「黑」、哈薩克稱爲「石頭」的磚茶末子。

令人拍案驚奇的是，如同一握之草的那幾撮細枯枝，居然把罐罐煮開了！我判定是因爲那寸半的底面積：火雖細，攻一點。驚嘆間，火熄了，主人殷勤地立起身，恭敬地給客人斟上。果然只有一盅，罐筒裡不剩一滴。

客人推辭不過，持盞慢飲，茶味苦中微甜，呷著覺得那麼金貴。火已經又燃起，二一罐罐是我的——主人解釋著。而炕上有三四人圍坐，都微笑，歡喜這罐罐茶給客人添了個新鮮。煮滾的第二罐又不是主人家的，炕上一個老漢半推著接過杯盞。三一罐罐，四一罐罐，最後的一罐才輪到主人家——又稱奇的是：頭一罐敬客的茶還沒有飲完。

於是大家娓娓而談。水早已注上，火苗還在舐著罐底。很快新一輪的頭一罐，又斟進了客的杯盞裡；怪的是，如此久熬，茶依然釅釅的。我十餘年橫斷半個大西北，住過數不盡的村莊，後來飲這種罐罐茶上癮忘情，伴著這茶聽夠了農民的心事，也和農民一起經了不少世事——我沒有見過有誰換茶葉或者添茶葉。

茶是無望歲月裡唯一的奢侈。若是有段經文禁茶，人們早把這殘存的欲望戒了，或者說把這一撮茶錢省了。而罐罐茶，它確實奇異，千燉百熬，它不單不褪茶色而且愈熬愈濃，愈燉愈香！

在西海固的三百大山裡，條條溝裡的村莊都睡了。出門小解，夜空無月，深藍的天穹繁星布滿。四顧漆黑，只有我們一戶亮著燈火。爬回炕上，連說睡睡，話題卻又挑出一個要緊故事。人興奮了，支起半個身子說得繪聲繪色。「娃！起給！架火熬些茶！」於是乖巧的兒子蹦下炕，捅著了爐子。年年我一來，他們就弄些煤炭，支起爐火。罐罐茶用煤火燉，多少是浪費了些。

半夜三更，趴在炕上蓋著被，手裡端著一碗滾燙的罐罐茶。小口喝著，心裡不僅熱乎而且覺得神奇。茶不顯得多麼濃，只是有一絲微澀的甜味留在舌尖。我們有時壓低聲音，好像怕隔牆的婦人女子的耳朵聽了去。有時禁不住嗓高聲大，一抖擻，掀翻了被子。旋即又自己不好意思，趕緊側著臥下。人啊人，生在世上行走一遭，如此的情義和親密，究竟能得著幾分呢？想著，仰脖嚥下一大口，苦苦的甜味一直沁穿了肚腸。

不只是居城，即使鄉下和草原，新的飲茶潮流也在萌動。

也許是因爲磚茶產自南方，畢竟不夠清眞；或者是由於品嘗口味的提高，——近年來又是由操突厥語的奶茶民族領先，開始了使用紅茶煮奶茶的革命。蒙古人同步地應合了改革，內蒙出現了工業生產的奶茶粉。

我用一個保守分子的眼光，分別對上述新事物懷疑過。但是，紅茶熬出的奶茶，澄不出一點泥渣；伊利牌的速溶奶茶粉與烏珠穆沁女人們燒出來的茶相比，不只唯妙唯肖，甚至凝著同樣的一薄層奶皮。

不管民衆怎樣依舊痛苦，不管他們就在今年也可能顆粒不收，從山裡到川裡，從青海到甘肅，黑白電視，簡易沙發，已經慢騰騰地出現在農民的莊戶裡。「細茶」一詞，正在愈來愈多地掛上他們嘴頭，就像「haohua」（豪華）成了一個蒙語借詞一樣。

歷史眞的就要合上最後的一頁，悄然而生硬。

一個銀閃閃的考究托盤遞了過來，上面滿刻著波斯的細密畫圖案。盤中有一只杯，半盞棕黃色的、噴香細膩的奶茶，在靜靜地望著我。紅茶煮透後的苦澀，被雪白的牛奶中和了，輕輕啜了一口，這新世紀的奶茶口感很正，香而細，沒有雜味。

我沉吟著，端著茶杯心中悵然。那麼多的情景奔來眼底。冬不拉伴奏的和平，嫂子銅勺下的瀑布，黃土大山裡的星夜，都一一浮現出來。那時我不是在做「詩人的流浪」，那時我和他們一起流汗勞累。那時我是一個孩子，不引人注意，在遼闊的秘境自由出入。如今飲著純正紅茶和全脂牛奶煮成的香茶，卻覺得關山次第遠去，人在別離。

我隨著時間的大潮，既然連他們都放棄了黑黃磚茶，也就改用了紅茶鮮奶過冬。暑季則喝完全是涼性的綠茶，甚至是日本茶消夏。只是，一端起茶我就感到若有所動。我雖然不多說出來，但總愛在一斟一飲之間回味。

被潮水三次淹沒

——M.

決定在一瞬間就作出了。夏天剛剛開始就已經酷熱難當，我們剛剛坐下來，牧民剛剛露出應酬的笑容，我就預感到了。我問的同時看見他的臉上在斟酌，這位當年健壯勇猛的套馬手、全旗摔到了第三名的力士放慢了語氣，盡可能和緩地選擇著詞句：

——你家額吉麼，現在，她不在了。

那一瞬我自知已經決定。聽著他的講述，我覺得出我的機械的問答突然拗口，我不能表現得激動也不能流露出感傷。那一瞬多麼難堪，額吉當然會死去，就像草原歲歲枯榮的季節。十一年你沒有顧上探問她的音訊，那麼她的死訊就只能在這樣不倫不類的場合聽到。但是我不願自責，那一瞬我在緊張地盤算著。

頭髮花白的原牧馬青年安慰般補充道：你哥哥曾經想給你送信；可是不知你在哪兒……

我衝口而出：我去看看。今年，快的話十幾天後我就走。

十幾天後，我登上了西直門長途車站的一輛夜行車，在暮色蒼茫時分翻越長城，午夜穿過張家口，筆直地向著北方，向著額吉的生死之地、我在那裡接受啓蒙的大草原急急奔去。在車上獨自遐想，算來自己插隊當牧民整整二十八年。半生中不知幾遍地走過這條北行的路，而從一九八五年以來，世事滄桑，我一直沒有再來。一度感覺自己的蒙語已經褪忘，心思也已經徹底地轉移。但是斬不斷、離不成，我和這青青草原之間已經難捨難分。二十世紀即將結束，世間人事已經變色蛻皮，而我卻換了上一次縫的夾布袍子，不顧一切地逕直而來。

應當留待心有餘裕的時候，再來細致地追述。如今我有一種懶得敘述的毛病，好像在等著出現一種直通我腦海的打印機。除非那時，描寫和講述都是不可能的。我是幸福的享受者，默默的享受是至高無上的。人在氈帳裡斜斜躺著，話語在我們之間輕柔地傳跳。視野裡是七月的濃綠，是胸脯般起伏的夏季草原，以及如今屬於自己的畜群。在這片草海上我是眞正的兒子、弟弟。新長大的年輕人都循著二十八年前的舊例稱呼我爲阿哈——我如一條潛回水中的魚兒，身心浸透，似夢似游。我終於被如此巨大、如此溫暖地淹沒了——我怎能費力地偏要描畫和解釋呢？

我猜哥哥和我都滿意：彼此沒有過分地談論逝去的母親以及額吉。他知道我深諳風俗，不提及不該說的話題。比衰死更重大的命題是生存；我們仔細討論的是一個個孩子：擔負起家庭重任的巴特爾、正在戲耍之年的喬瑪、辭學回家的單薄的敖屯。當然更細致地談到三個出嫁了的女兒，談到她們婆家的財產、爲人，夫婦間哪一個更當家，還有她們各自的小寶貝與納合齊（姑且譯爲姥爺家吧）的關係。

三個在遙遙的某座氈包裡忙碌的女兒，都趕來和我見了面。呼勒根（女婿）們當中，只有當年天使達木琳的丈夫曾是我的游牧小學的學生，另外兩個都是新識。他們見我的時候都很拘束，悄悄地躲在蒙古包一角，應答什麼都不出大聲。不過如同預料一樣，談得多了一些以後，他們都借談話中需要呼喚之機，趕緊叫上一聲「阿哈」，以便向我顯示他們完全清楚我們家族稱謂的習慣。我猜，他們的這一聲，更多地不是從妻子、而是從我們家族其他小夥子們那兒學來的。

我微笑著，藏著感慨裝作心滿意足的樣子望著他們。我的兩眼中的她們永遠是疊印的幻影，永遠是二十多年前凍紅的小臉蛋、蹒跚著跑在門外陽光裡的小精靈。而理智卻使我一遍遍確認般數著：達木琳屬龍，一九六八年是四歲。五一生於我插隊的翌年勞動節之夜，她該是二十八歲了。最小的奧雲娜屬鼠，我離別草原的那個春天她剛出生，即使這樣也滿了二十五歲——哪一個都比那時的我還要年長。難道幻象不眞實麼？難道在這莫名的空隔之間眞的存在著歲月和年齡，眞的發生過我的成人、變老和內裡的劇變麼？

五一笑得特別幸福，她好像想使我注意到這一點。聽哥哥說，她是自己為自己選中了今天的這個女婿。我暗暗佩服。草原姑娘的眼力居然如此不凡——鄰蘇木（以前叫公社）的小夥子濃眉大眼魁梧憨厚，開著一輛嶄新的客貨兩用型吉普。我們走到草地上合影。我已是第三次，分別和出嫁的三個女孩以及她們的丈夫孩子合影。那時我忽然想到近三十年前的一次合影——那時的我才二十一歲，雙手捧著哇哇嚎啕的一個嬰兒。背後是插著一杆紅旗的我們的氈房，紅旗、蒙古包的圍氈、我的袍襟都在風中襤褸而生動地抖動。那個嬰兒，就是戶籍本上由我取名烏尼其、出嫁後被婆婆喚作白音其木格的五一。那幀照片的底版早已丟失，照片存在我手裡。我忽然想複製一張送給身旁這黑眉紅臉的青年，讓他在享有自己活潑勤勞的妻子時，也分享我們家族的往昔。

和兩個姊妹一樣，家裡扔著畜群，他們不能留下過夜。小兩口居然擁有一千多隻羊，我再三問過，是分家後在他倆名下的羊群。那麼無法挽留；我代替出嫁女兒的父母，像以前最後遞過馬籠頭一樣，替他們關上了吉普車的門。他們消失在七月的喬布格盆地盡頭，夕陽的光線映得草地一片深黛。

哥哥在背後解釋般自語開了：要走就走吧，有羊群的人麼。

關於羊群的話題其實就是關於歷史的回顧。離開北京時我查了一下一九八一年和一九八五年兩次回草原時記下的畜群數。喝著奶茶，瞟著山坡上散灑開來的羊群，我和阿洛華哥隨意漫談了不知多少次。忽而扯到達木琳出嫁時帶走的羊，忽而扯到「鐵災」之冬額吉救護的羊，一九八三年的按人口分的羊，還有合作化以前阿洛華哥十二歲時跑著放牧的那兩頭乳牛和十六隻羊。

如今我家擁有八六一隻羊。還不算近百的馬群和近百的牛群。只要今冬天公作美，明年五月我家便跨人千畜之家的行列。幾天前我剛進門，哥哥就捧上嶄新的團花藍緞袍子、義大利式樣的西服套裝、裝飾著金屬扣的高筒馬靴。人要全面地表現自豪；讓二十八年前住進這座氈帳的北京知識青年裡外三新，已經是富裕的牧民兄嫂自認的責任。

我穿著天藍色的團花緞子特裡克，費勁地邁開被硬邦邦的新馬靴夾得生疼的腳，站在喬布格的舊營盤上。二十八年前我恰好就是在這個營盤上，開始了我騎馬的青春。騎過的第一匹馬是蒙古語稱作hao的黑鬃黃馬，放牧的範圍就是這喬布格四周的奧由特、烏蘭套勒蓋、色楞烏蘭。中午額吉總是騎著馬來找我，換我回家喝茶；而我總是不願回去，躺在她身旁的茂盛牧草裡。

額吉默默陪著我，坐在我的一側。兩匹馬帶著嚼鐵。匆匆地撕扯著大吃其草。那時天空的顏色，那時四野的山頭，都已經在記憶中淡忘淨盡了，只有她的灰白頭髮，只有她的破袍子的前襟，還有她略顯不安的、沉默的表情，靜靜地鏤刻在我的心底。

每天我都撞見與她有關的什物情景。每個孩子、每隻鬧嚷嚷的羊羔、牛車和嘎夏（柵欄）上繫緊的每個羊毛繩結，都使我悄悄地想起她來。唯感遺憾的是當她臨終時我不在身旁；唯一欣慰的是我曾把她接到北京住過幾天。

不該悲悲戚戚攪亂了一派喜慶和諧的氣氛，所以我注意不多談及額吉。但是，雙腳踏上喬布格的舊盤時，胸中被掩飾著的想念就沖激起來，像一道無聲的潮在洶湧。

夜裡有時由不得地暗哼一首內蒙民歌，那裡有一個非常傷感的句子。哼著想著，突兀地控制不住填詞的欲望。後來就偷偷地用筆記錄，改來改去地，一共用蒙文寫了五、六節。草原上已經流行錄音機，蒙語中借入的磁帶一詞讀作「panzi——盤子」。那些天我們經常聽鄰蘇木、查干淖爾出身的歌手央登的民歌——聽時我陷入遐想：我盼我正在填詞的這首蒙文歌由他灌成「盤子」，讓它響遍烏珠穆沁草原。這首歌至今還沒有寫好，但我已經把它題為《二十八年的額吉》。

有一節是眺望蘇木小鎮時想到的。如果先把它直譯，大意是這樣的：

有岩石的敖包下方，是以前的公社
使你安寧的廟宇，望著那麼好看

我大致地押上了 q 音的頭韻，使用了時代味的借詞「公社」，利用了「蘇木」和「廟宇」兩個詞的諧音，也表達了我作爲穆斯林又作爲額吉養子，對藏傳佛教的感觸。

哥哥告訴我，廟裡曾爲額吉誦經。作爲子女的儀禮，我家給廟裡布施了一匹馬和一頭牛。新廟已經彩畫一新，重新成爲烏珠穆沁東部的第一勝地。廟中有三個喇嘛，當年都曾和我一起並轡游牧。

二：H.

從內蒙古草原回來後，我開始了對更緊要的一件事的策劃。在年初前後一陣緊似一陣的風聲雨聲稍歇以後，我感到，一步步如履薄冰的感受，該用一個行動結束了。

我給苦苦想念的黃土高原發出了信。

事凡重大，誰都會嚴謹起來。如同屈指盤算的一樣，回信穩穩地來了：志文兄弟決心不管農忙農閒，不計甘肅河北，聽我的決定赴約見面。

我剛剛從內蒙古草原回來。脫下蒙古袍子，馬上就安排接待他的細節——我考慮了一切技術性的細處，從住到行。然後再去信，講清了路線的選擇、電報的打法，畫了從北京站到我家的地圖，強調了良民證、安全，還有守密。

然後我就一天天地，開始了死等。

關於人等人，是一個被議論得很多的話題。大多用於男女之間。而我體會人等人之苦，卻是在等他們——那荒旱黃土中的，那懷抱著一塊叫做哲合忍耶的石頭左衝右突的，那講悄悄話如同岔岔吼喊的，那貧苦而容易受騙、強悍而滿心謙卑的山村漢子。

其實只有幾天；可是等得心焦以後，人就糊塗。我記不清約定的日期，只覺得他已經遲了，已經誤了日子，已經開鐮收割，已經無法踐約……這時，電報到了。

我歡喜得不知說什麼。心裡卻古怪地湧起些亂七八糟的念頭。北京站的長長站台上出現了鐵龍般的火車。接著，在車窗彼岸出現了他的戴著白帽的身影。

志文從車門下來時低著頭。我抓他手裡的包包時他仍然低著頭。他哭了。

先吃上幾嘴。回家，我在汽車裡看他描畫複製在一張牛皮紙上的那張地圖。他還是背來了一大桶胡麻油。我們筆直地向西飛馳，手足的重逢和相遇，實現了。

我們對坐一間屋子裡。此刻，天下是我們的。殘忍的乾旱，隆隆的戰車，蔓延的不義，恐怖的逼近，都被隔離開了。北京正值酷夏，但是涼爽的風已經拂來了。

我們一塊去牛街買肉，一塊去北海和景山玩耍。我們洗了大水給母親上墳，念了我們都是新學會的索勒。火燙的驕陽白熾地照射著，從來沒有這樣心底的充實。我總忍不住想開玩笑，故意逗得他無可奈何地紅著臉扭過頭去。志文是傳統教法的水澆灌成的樹苗；他根本不顧暑熱，對我不脫長褲，對女人不穿短袖。他堅持把衣扣一直扣緊到領口，任赤日炎炎，穿著長袖襯衣。除了進出我們那道不懂得中國有五十多個民族的門以外，他永遠戴著回民的白帽子。我熱得淋漓大汗，熱得進門就只穿短褲；但我無法勸他哪怕是光著脊梁。他認眞地睜眼望著我，「不熱，我眞的不熱！」一邊說一邊對我意味深長地微笑。我懂得，他是在等待；等太陽下山，等晚飯吃罷，等夜深人靜以後，和我痛痛快快地傾倒壓抑太久的心事。

幾年裡發生了許多事情。在西海固那十萬荒山裡，出事就和災害一樣，儘管要窮苦的農民重負上再壓石頭，要他們被迫像忍著轆轆飢腸一樣寸寸分分忍受；但他們畢竟是慣了。他們習慣於一出事就像刺蝟一樣緊緊抱成一團，把堅硬的刺對著四界八方。他們習慣在一出事時就牢牢護住心口，只要教門不丟就再不顧皮開肉綻。我長久地凝視著如此習慣，漸漸摸到了他們的思路。是無情的社會和背義的歷史，鐵鉗一般扭出了他們的這種觀點和傳統。他們不會改變；除非改變這社會，除非給予他們不同的歷史。

而我作爲一介書生和一個無知的孩子，偏偏又遭遇了造化。於是，我的命運譽毀就與他們繫在了一起。時光逝水，心頭關山，苦渴地想念著他們，胡亂讀著屈原的華章自慰，總發愁黃土溝壑上關卡林立大路斷絕，總焦急淫雨不開前途無路——在如此的修煉磨礪中一經數年，我也不覺沾染了他們的風習。於是我寫道，命可以棄，它不可棄。醜也罷，傻也罷，捨了它再難新歡，失了它生無滋味。我終於懂了，什麼是愛情。

每天深夜，門關緊，茶泡釅，他漸漸講得眉飛色舞。我興奮地聽著，熟悉的風景洶湧潮拜，隨著他的故事沖上心頭。

大兒子仨兒（經名伊斯哈爾的曙讀）的高中，原來是這樣讀下來的。從家裡背去麵粉，交上一個學期的蒸鍋費，這樣每頓由學校伙房發給饃饃。吃菜則全是洋芋；同樣背上去，由學校伙房大鍋一剁一煮，然後撒兩把鹽，澆一勺清油——每學期每星期，就這難咽的飯食。

而且不能吃飽。於是家裡決定派小兒子伊四兒給哥哥送饃。志文說，第一次我引他去了，把車站、運輸隊兩處不同的車站仔細教給他，千叮嚀萬囑咐他不敢上了走外縣的遠途車。然後從車站到中學，教他仔細認下每個路口，每個拐角。從村子搭車到縣城，單程票價就是四元一，哪有這樣的錢呢？伊四兒從來都是賴車。他人小，冒充哪個搭車人的娃娃，手提個裝滿家裡蒸的饃饃的破提包，車門開了就往上擠。不少次被賣票的發現，攆他下車。這孩子一手死命摟住車裡的把手欄杆，一手牢牢抱定饃饃提包，使勁嚷：我沒錢！我一個娃娃家為甚打票！……居然一年兩年，沒有一次被抓下車過。他哥在縣裡等著饃饃吃，他家祖祖輩輩只有他哥念高中，娃雖小，他知道。

我聽著，想起那時我去他家時，伊四兒總是翻我的書包，搜糖吃。氣得仨兒媽把我的包鎖進櫃裡，掄著荊條揍他。伊四兒倒地大哭，仨兒媽丟給他一根粉條，他爬起來，捏著那根粉條在爐火上烤焦了吃。他總是一身髒污，胸前黏著一層鼻涕咯巴，使勁推開哥哥姊姊擠到我面前。我總逗他：你醜得很！看哥哥姊姊多俊，你咋這麼醜？他傻笑著，纏住我不走，鼻涕又吸溜出來。

我想像不出伊四兒如今的樣子。多少年了，他該長大了。野山邊地，民風強悍，養娃娃不能太老實。娃娃太老實了挨欺負。伊四兒是應運而生的一個粗糲兒子，他已經用他的形式，向殘酷的人生和不平開始了爭奪。每月一次兩次，長達一年兩年，他硬是在長途班車上為自己奪下了一個立錐之地。居然是靠著他這個小傢伙，哥哥好歹讀下了高中。我聽著，志文講得繪聲繪色。每夜都這麼度過著，像是馬兒吃著夜草。他扔下了滿山莊稼，我摒絕了一切人事。屋裡備下的各式點心原樣攤開著，茶水淡了又重新釃釃泡上。我們無休無止，淋漓酣暢地談心，享受著訴說一空的快感。

後兩夜志文脫了襯衫，只穿背心長褲。屋裡只有一張小床，一個地鋪。我倆光著腳，對著茶杯，一個床上一個鋪上，盤著腿對坐著傾心交談。夜那麼靜，我突然覺得該留個紀念。照片是自拍的，畫面上的我倆露著髒腳丫，都留著短平頭，活像兩個進城找活幹的民工。

漸漸地，在幾夜連續的深談中，一個村莊的輪廓在我眼中出現了。話題轉到哪裡，那裡的線條輪廓就凹凸清晰，染上一角淡色。一些昔日的熟人，一些關鍵人物，一些大事的脈絡，一些歷史的糾葛，教門和政府，生計和莊稼，讓我牽腸扯肚的一切，都梳理了一遍。我覺察到心裡的一隅被輕輕鏤刻的觸覺。

該問的都問過了。我望著志文。他又低下頭欣賞自己左手掌心的紋路——前幾天他得意地給我看過，他的虎口處有一個新月般的彎彎掌紋。他極為重視這個現象，他問過有見識的長者，據說這種掌紋一千人中也找不到一個。他覺得這是奇蹟，閒時總是攤開手掌，一邊欣賞一邊獨自微笑。幾年時光磨打，他顯得老了。皺紋布滿銅色的臉膛上，白帽子推到腦後，頭髮茬中已經有了灰白。他痛快地說夠了，現在只顧猜悟自己的手相。他並沒有向我談及日子的艱難，好像那些流汗受苦的事不值一提。

我建議自己的孩子向志文叔叔作個調查，問問叔叔的莊稼土地。於是孩子記錄道：

一九九三年大旱絕產，幾乎顆粒不收。志文叔叔家種三十畝麥子，種子撒二十多斤，打回二十多斤。另有六畝蕎麥，打二百多斤。一畝玉米未收。只有洋芋（土豆）救了命，打了四千五百斤。

一九九五年稍好一點點：叔叔家種三十二畝麥子，打了一千六百斤，另有十二畝胡麻，打回八百多斤。洋芋仍然穩定，五畝挖了五千斤……

今年呢？當女兒聽說今年風調雨順時如釋重負。確實那些飢餓的數字不該過早地讓她知道。她興致勃勃，仔細地記下了今年志文家的種植狀況，決心到冬天一一補記收穫。

今年是一九九六年。志文叔叔家種了三十畝麥子、二十畝豌豆、十二畝胡麻、十畝糜子、八畝蕎麥、四畝高粱、一畝玉米、五畝洋芋。種得可眞多呀！她驚叫著。志文和我忙給她解釋什麼是坡地，什麼是廣種薄收。志文高興地說：今年眞主在顯蹟，莊稼一準能成。冬天我仔細寄個信寫給產量。

他的臉閃閃發光。他堅信什麼呢？

是的，今年是令人微微稱奇的一年。恐怖的壓迫，無論從天上還是從世間都漸漸洩了勁。那些卑鄙的小丑狠狠舉起「奧姆教」的石頭，卻重重地砸在自己腳上。他們剛剛流露了一下對魯迅先生的反感，不料發覺全國都默默地和自發地向魯迅先生求教。大草原實現了富足可是沒有喪失眞誠。黃土高原度過了險關，照舊迎送自己的宿命。半年前準備被污水潑滿一身，同時應付刀筆和警察的決意，被我悄悄地重新藏起。何況，和志文兄弟的重逢，也被裏助著實現了——這一切讓人怎能不感讚呢？

志文臨歸那一日，我和一位朋友去送。爲他放妥行李，占定座位，下來就只有分別。那一個賽倆目說得使人心碎。我們下了車，讓他坐好再別動。鈴響了，列車微微一震。我連忙敲著車窗玻璃喚他，但是他卻低低地垂著頭。我揮著手叫喊，他只瞥了我一眼，仍然低垂著頭。我知道他又哭了，我不知所措，熱滾滾的潮從心頭漫過。

我們目送著車窗裡那頂回民的白帽子。它一動不動地垂著，從視界裡掠過，愈來愈遠，直至消失。轉過身來，我看見朋友的眼中也滿盈淚水。她問我：你從不落淚嗎？

三：X

九月，我和一個虎背熊腰的弟弟一起，越過達坂城，進入了迷茫無垠的南疆。

我們戴上東干小帽時，有朋友嚇唬說：如今全疆凡少數民族都戴世界杯小草帽，漢族則露髮光頭。你們這兩個傢伙的打扮，不嫌太顯眼嗎？漢族朋友從左邊告誡：要是遇上恐怖分子你就亂說蒙語。民族朋友從右邊逗樂：只要一打起來你們就馬上禮拜！

我對散布緊張空氣的人不以爲然。但是我對空氣的嗅覺卻更敏感。從一過焉耆縣城，不，從北京一出來，我就清楚了一點——我要堅決地去維吾爾人那裡求師問道，同時，也要謹慎在路上的每一步。在找到自己的朋友之前，最忌諱的就是輕狂。

我和身壯如虎的弟弟——姑且稱他虎兒吧——戴上東干小帽，挾上一冊《穆罕麥斯》。

凡在擁擠的小攤上吃飯，我就當眞地學上一段。虎兒弟念過經，當我的師傅綽綽有餘。我則給他沿途講史，教他讀地圖，弄懂地名含義。

我們憑經過路的辦法，換來了一路順風。在鐵門關附近，一位漢子從車子後座拍拍我的肩膀，借我手裡拿著背誦的卡片。在庫車（它在古代以龜茲著名）舊城的高聳古寺旁，一群老少男女圍著我們，贊許地陪著我們辨認塔頂花體的經字。在阿克蘇我們乾脆擺起架子：一個巴郎子伸手想看我們攤開的《穆罕麥斯》，虎兒一聲吼，那巴郎子忿忿地跳起來分辨：我看一下子也不成麼？我就不是穆斯林麼？……我們則大模大樣，裝作不屑的樣子：你麼？你不行！然後一邊大嚼拉條子一邊把經合上，故意不給他翻看。

望見喀什噶爾遼闊的綠洲時，我突然預感這一次會平安而有益。就像路上每時每刻眞實感覺到的一樣——民衆其實只是在忙碌於生計，民族其實只是在眷戀著傳統。其實不用束干小帽和《穆罕麥斯》，只要人們願意學習——哪怕只學習當年內蒙草原知識青年那敬重態度和口語的三分之一，「緊張空氣」中就會湧入親近。

此刻我沒有口語，但我有足夠的敬重。

灼燙多砂的熱空氣裡充斥浪漫。每一簇墨色的濃蔭裡都瓜果豐饒。棉花田裡吸莫合菸的男子個個如同紳士。路邊不時出現女人，音樂悄然從她們頭頂飄起，三五人中就能見到一個美人。

抵達這裡以後一切就變得安全了。我盼望能夠住進他們深幽的葡萄小院，那樣會更安全。臨行前我匆匆找民院的朋友補充了幾句維語，此時我一邊咒罵自己，一邊胡亂把它們用上。沒有詞兒的時候我仰天長嘆，胡麻開門，立即把我舌頭上的蒙語全都變成維語吧！

或者拿日語交換阿語——我痴痴地捨不開這種念頭。喀什噶爾的古老庭院強烈地吸引著我，暈眩的感覺從那一天起一刻也沒有擺脫。確實，我並不知我為何而來，我微醺般在這片大地上尋尋覓覓，全然忘了自己為了這一刻奔波了幾千公里。

無論如何必須找到語言！

人們解釋神秘主義時說，它是橋梁，是鑰匙和語言。

後來的事情證明：這種語言是強大的，雖然我不打算在這裡詳細解釋。它引導我跨進了天方夜譚的風景，和一個又一個虬髯老者、蒙面女人、鷹眼男子以及天使般可愛的兒童相逢。

在英吉莎，我初次懂了被我們稱為「蘇菲」的「依山」一詞，意思是「他們」。我嚥下其中深奧的哲理留待後日回味——因為一群戴小花帽的維吾爾人已經進來。他們坐成了「打依爾」——這在回族之中是何等莊嚴！我急忙上了打依爾，我懂得更謹嚴的姿態。當誦詞

（即克爾）被悠揚地吟詠出來的時候，我強壓著驚奇和感動。從中亞到甘肅，這一支流水，這一脈文化——傳播了多少個世紀居然還是這麼一致。當即克爾變成「倆依倆海，印安拉乎」的時候，他們居然和我們一模一樣地輕輕搖頭，反覆地否定與肯定。那一瞬我感到陶醉，我夢見我在給他們講述東干人的傳說，講述一位被清政府國家機器殺害的十三太爺的故事。打依爾，也就是功課的圈子上出現了無法遏制的、歌舞民族的本色，他們舞蹈起來，伴著動聽的讚歌——

就這樣，我突兀地一下進入了輝煌的維吾爾文明中央，在明亮的照射中，在藝術化以後的儀禮中，在被沙漠驕陽烤灼又被樹林葡萄隱蔽的庭院中，快樂地開始了享受。

一路之上吃了八種還是九種葡萄？家中種植的葡萄絕不施任何化肥農藥，甜得出奇。他們見我吃得酣暢，乾脆拖來梯子：請爬上去吃個痛快吧！不用說立即宰羊，不用說黃油烤的小圓饢，不用說托盤端來的沏了桂皮薑片的茶，不用說紅透的番茄和噴香的拉麵……我已經不能記憶；也許人的生活中不能有這麼密集的感動。我忘卻了許多細末，只留下甜甜的醉意。

從打依爾下來後主人突然闖進來，汗毛濃密的大手裡抓著幾把寒光閃爍的刀。不是人人知道的英吉莎匕首，是維吾爾風格的菜刀。他遺憾地對我搖著頭：我事先不知道。太突然了。否則我會做一點什麼。怎麼辦呢，這刀是我自己打的。我尚未起身，虎兒已經喜形於色。他喜歡這刀，因爲聽說英吉莎的鋼好。

剛才在激動贊念的時候，有一個穿棕色大衣的男人哭了。他哭時不住地感慨，後來抱住了老人。我因爲明白這種情形稱爲「發納」（陶醉），所以在打依爾上留意不打擾他。臨別時他緊緊握著我的手說：我家就在附近。難道不能去坐一小會嗎？他的手滾燙，握住我不住地搖。我在那一刹那突然想對整個新疆大喊：他們是最眞摯的人！你們懂嗎？——

葉爾羌在今天稱作莎車縣，是絲路南線盡頭的首府，歷史上曾有葉爾羌汗國。它和喀什城的關係，就像一派中亞大世界中相依相連的兩塊綠洲——喀什噶爾大綠洲與費爾干納大綠洲——互爲依輔一樣，喀什城與葉爾羌城是一塊文明發達最成熟的綠洲上的姊妹城。它們構成了一個樞紐；以前我以爲是葉城和莎車構成文化樞紐，現在應當糾正。自蘇菲主義興盛以來，喀什——莎車的文化結更加鼎足扶持，發育成整個塔里木盆地以至天山南北的宗教文明中心。至於南向崑崙的葉城，只是在連結西藏的意義上成爲重鎭，它不能與深奧的莎車相提並論。……

我是在囈語麼？

喀什一位朋友爲我引路，他有維語的鑰匙。加上另一把神秘的鑰匙，插進鎖孔。

門開了。

我聽見大門開啓時那沉重的聲音。楊樹和無際的棉田，迷宮般的深巷和優雅古樸的小院，已經迎著我和虎兒弟，張開了懷抱。她熱情地喚道：進來吧，我們已經是親戚。

在文明紐結上度過的難忘時刻，以及我找到的新鮮知識，都無法在這個篇幅裡盡述。生逢這樣的年月，誰敢預言明天呢？還是只談談快樂的瑣事吧。無論是我還是「他們」，都應該不失時機地，享受這難得的快樂。

在葉爾羌，我們在吐爾遜汗．和加的果園裡吃夠了果子才進屋。也許該譯成「道堂」的他們的場所——haneha，靜悄悄的空寂無人。他家的七個兒童像小鳥一樣簇擁著我，坐在據說是阿富汗風格的廊下。他們高誦即克爾。

還是在葉爾羌，一群烏茲別克人的依山派，用使我驚喜不已的玫瑰花醬待客。一口口吃著玫瑰，我覺得美不勝收。還有更甜的櫻桃醬，我認爲它完全是蜜，只用饢一塊塊蘸著吃。人類的豐富還沒有完，葉爾羌的深淵裡還有一支克什米爾人。他們告訴我，自從英國佬占領了巴基斯坦，他們就穿越崑崙山脈逃亡，最後落腳在這裡。他們從西藏販來藥材，建成了自己的十二伊瑪目派的madamsalia（悼念堂）和樸素的寺。爲首的一位黑鬍子的瘦削男子使勁地攥緊我的手，合影時摟著我的肩頭。他好像在一陣注視中判定了我的性質，那牢牢凝視著我的深陷目光好像洞穿了我。他的女兒是位絕美的女人，在他家裝飾華麗的客廳裡，豐盛的食品擺滿四米見方的餐桌。我見識了最誘人的現世生活和最肅穆的宗教精神的和諧。

依然是在彎彎曲曲的葉爾羌巷街裡，我們找到了買買提汗・和加的後代。逝去的依山有過怎樣的容貌呢？他留下的兩個女兒都蒙著面。而且小女兒懂得更多。朋友同聲同步地譯著，而我卻欣賞著她的女聲。眞的，蒙面的女人會顯得音質豐富。她滔滔地敘述著。她懂得中亞依山派傳授的兩大支系。懂得自己是默誦即克爾的——「虎夫耶」，我接著說。我反覆問到甘肅的北莊派，聽說北莊以她父親爲導師。她更興奮了，蓋頭垂瀉在胸前，成串的話語中不時清晰地用漢語說出「馬進城阿訇」。我告訴她，我曾經去看望過馬進城阿訇，在一個大雪飄飛的冬日，在甘肅的北莊村。談話間她的母親一直默默聽著；她也是長裙蒙面，傾聽時身體輕輕依著自己爽快的女兒。

我感動地望著這一對蒙面紗的母女。在四壁紅藍斑駁的壁毯映襯下，她們宛如一幅神秘的畫。而我們的話題卻遠在天外，我不住地憶起那年如傾如瀉的大雪，憶起在大山裡跳下車讓路的東鄉人，憶起馬進城先生給我講的——麻雀和回民都遭難的一九五八年。

我感慨不盡地問她：你可知道，東干人爲了表達虔誠，步行著從甘肅走到這裡求學嗎？她急急點頭：我小時常常看見有東干人來找父親。我在一邊玩著，看見他們把我父親舉了起來……那動人的一切被隔斷了，我想，但是人們沒有忘記。

最後我開玩笑般問她：你難道不想去北莊看看麼？你若是到了北莊，那裡的老奶奶們和女人們會硬留下你，一家請你吃一頓飯，你要吃三年。

褐色的面紗裡面響起她的笑聲。她的母親也朝前傾著身子。她說：「我們太想去了，可是，誰能領我們去呢？」

這眞是個典型的回答。每一家每一支，每個維吾爾、烏茲別克、克什米爾的派別，都喜歡把話題引到這樣一個終點。誰能呢？誰知道呢？誰能不相信和不等待呢？

唉，不能盡數，總之，在這個神秘的橋梁上，在喀什噶爾和葉爾羌的古老綠洲上，我們和維吾爾人交流了。離開葉爾羌的那天，喀什的朋友說：「我總忘不了，你說過——哪怕在維吾爾人的家裡住上一夜。」

我永遠感激他，這位維語嫻熟的漢族朋友。全仗他的百折不回的決心，我被引到去年來過的舊地——疏勒的一個小村莊，在排排白楊中，敲開了阿布・別克爾老人的門。

老人驚叫了一聲，接著一把捉住了我的雙肩。我們都激動得說不出話來。還是那張涼床，擺在葡萄架下的原處。如水的暮色，正在庭院裡彌漫。

他們正在吃飯。於是我吃到了鹽煮的玉米，還有硬皮的南瓜。生活無疑是清苦的，還不算無盡的風刀霜劍。我餓了，一個個啃著微鹹的煮玉米，又用鐵勺把一大塊南瓜吃得乾乾淨淨。阿布・別克爾老人連連說還有「給客人的飯」，接著又是噴香的奶茶，新揪的羊肉麵片。他的伶俐的小兒子抓起筐飛奔出去，轉眼便提來一籃白桃。

這果園對我來說也是重訪。虎兒和朋友們大吃無花果和白桃，我吃不下，心裡湧起想和老人一起舉禮的渴望。不知爲什麼我強烈地感到留戀，覺得這樣的時刻將逝而不返。

就這樣，在這長旅的盡頭，在一個靜謐的綠洲小村裡，我和一位維吾爾老人一起舉起雙手，表達了我們對這一切的感讚。

我和虎兒弟，還有老人這機靈的幼子一塊散步。星光璀璨，樹梢在黑暗中沙沙摩響。上面的夜空都是一樣的，我悄悄想，不同的僅僅是人的本質。轉回屋子，被子已經鋪好了。

在四壁掛毯的美麗圖案之間，寬敞的土炕非常舒服。被子很厚，枕頭又大又寬。我終於住進了自己敬慕的、維吾爾的家裡。我不僅享受了安全，而且感受到了新鮮的幸福。

我並沒有盡興地描述一切，尤其沒有涉及嚴峻的一面。要緊的是一九九六年被平靜地送走了，大潮退了，留下親切的溫潤和撫摸。

大陸依然坦蕩又荒涼。我熱愛的人們依然在勞作辛苦，維護著自己的方式，靜候著天理和宿命。他們依然供養著我，細水長流地向我輸送力量。可惜的是，我很難描寫周全。

也許人不該如此地承受。色彩鮮烈的大潮實在過於刺激，何況又是一年中一連三次。但是我已經習慣，這樣的「文化冒險」，實在是太過癮了。

和平的雙聯璧

讀張治中序馬良駿著《考證回教歷史》

一

這本書到手的時候，我已經對馬良駿阿訇神馳心往，想像許久了。那幾年，只要我一腳跨人甘肅南部，就不禁默默地思索他的事。他背過身一去不返的家鄉——張家川上磨鄉的風景，就平鋪在我的視野裡，青山綠水的長條梯田，包裹著莊子，像一幅黃綠模糊的淡彩畫。

不用說，若是趕上一個光陰，他會破例接納我這五功不勤的瞎漢，一如在他以後，在西海固，在甘青新一樣。

他不單是個念經阿訇，而且是罕見的文人。那時候我弄不到這本《考證回教歷史》，僅僅見過他翻譯的《穆罕麥斯》。瞎漢藏經，我也留著一冊。贈書的是川里弟的老父親，譯文是經堂語，滋味純正且幽玄，最受蘇菲家的喜愛。

懷著與古人交談的一種奢想，那時我長久地佇立過。何止馬良駿，整個張家川已沒有他的族人。我感到人的不能盡意，站在山粱邊，只有讓一對眸子享受。

二

如今這本使我好奇的書，已經拿在我的手裡。驚奇才剛開始：因爲開卷讀到的，竟然是一對琢磨剔透的玉璧：先是張治中將軍的序，後是馬良駿阿訇的書。頭一次開卷的時候，我對張治中能寫出些什麼，心裡微有保留。說實在話，在我的這一代光陰裡，教授也好專家也罷，凡民間最緊要的東西，他們常常一問三不知。在中國知識人受教育的過程中，自古是小樹苗灌醋不灌水。以後學而優則仕，當官的知識體系裡，自然是天生就少長了這幾根筋。

而張治中將軍不然。翻開序，讀進去，一種太罕見所以使人感動的文字，一種端莊、精確、眞摯的文筆，悄然抓住了我。

讀下去，突然覺得振聾發聵的震動，讀了幾遍仍然不能相信；咀嚼幾過，仍無法擺脫被震撼的感覺。張治中寫道：

眞主的僕人在路上小心翼翼地走著，蒙昧的人呼喊他們，他們回頭答曰：「和平。」

自一九八四年歲末初進大西北，我從未見過回教著述的任何一處，有過如此絕妙的概括。理解要等到第二次，那是在烏魯木齊的八戶地。我和一位阿訇議論起此事，他猜測地說，這話「大概就是那段阿葉提」。我要求立即查找。找到時，我更吃驚了。

張治中寫的這句話，是一個普通的阿葉提（《古蘭經》句），在經的二十五章六十二節。只是這一句翻譯，超過了一個世紀十五個譯本的苦心勞作。我激動得簡直喊起來：這一句譯的，水平高過了十五本！爲什麼你們當阿訇的就找不出這個譯法？……

視野裡莽莽蒼蒼鋪展的，是隴東的一角，驚人的地相。隔著深壑又近在眼前的，是一條條老虎腿般的山梁。如此將軍，早已久違隔世了。我的腦海中，聯想到淞滬抗戰和他主政新疆的經歷，想到大時代裡，人的波瀾生涯。四野無聲。無限的山地平塬，居然就這麼無情地斷成了道道深溝，讓人咫尺難近。

張治中將軍對於伊斯蘭教的了解和描述，無疑依仗著馬良駿的經典和解釋。穆民世界的眞實，於是獲得了有識之士的證明。兩者相互的善意和水平，成全了一個美談。一瞬間，我彷彿看見一對晶瑩的玉璧；以一個共同的舉意，以兩個深厚的功底，他們完成了對伊斯蘭教的出色釋義。

隔了一年在寧夏黑鐵峽，和另一個阿訇又談起此書。他說：「一個賽倆目，你看機密有多麼大！……」是的，張序的功力，只在新譯了一句話；而一句翻譯的核心，又只是一個詞。這個詞，Al-salam，其實穆斯林天天都把它掛在嘴上，只不過，唯有在馬良駿的判斷和經文支撐下，張治中將軍把它譯爲「和平」。

日後要再花費多少時光，人們才能體會這千鈞一字的感覺呢——和平的宗教，和平的教義！

三

騎耕牛，過關山，大營扎在了上磨川——

是誰曾唱過這一段民謠？

此刻，我腳下山谷裡的深溝，就一直彎彎地繞著，通到對面的上磨川。人稱小馬阿訇的馬良駿，故鄉就在這裡。歷史課，原來最好不是在北大，而是面對著山野和古人，慢慢地咀嚼吮吸，揣摩他們的隔世心事。

當年在這道川裡，仗著自己的乃夫思（生性）一蹦子跑到新疆的哲合忍耶小馬，後來做的可大發了。是他代表全新疆的回教，電賀的新中國成立。知道麼？毛選五卷裡，還收著一篇毛主席專門寫給他的回電。滿拉們在山道上歇息的時候，先要上一陣，喝足泉水，然後給我指點上磨的位置。

其實，這一本回教史體例罕見。它先用半部篇幅，解明了回回和卡費爾，以及乃夫思與伊瑪尼這麼兩對概念。然後博採阿文「塔勒赫」（歷史）與漢文古典，簡練至極地勾勒了一個穆斯林世界簡史。

人們說，他的乃夫思（脾性）沒有壓下，鬧了氣，跺跺腳走了新疆。走了新疆又戀著上磨，所以他給經堂翻譯了《穆罕麥斯》。爲著夜晚時分，悠揚地跟上調門，遙遙和家鄉唱和呼應。人與人就是不一樣，靈性的乃夫思，是天生的前定。他的譯筆，不是蚊蠅之輩的小玩藝，他滿心的重負一旦成書，便從西到東，被半個中國到處念誦。

我總發生幻視，總好像看到他在默默坐靜。我悄悄猜想，他還有心事沒有成全。那是家鄉麼？小馬再也沒有回家。他的事業和靈魂，都留在了新疆。他們是志在遠方大學的阿林，不是一生糾纏鄉土的農民。那是什麼呢？

就這樣，在幾年的咂吮舊事裡，在獨自的體會中，我彷彿隨著他當了一回陝西大寺的滿拉。這種感覺奇特又新鮮，使我暗懷著歡喜。瞎漢半道當滿拉，經不好，憑參悟。我從伊犁城到天水城，從上磨川到張家川，心裡總細細地想這件事。

忘了究竟是在煙鍋峽還是在黑鐵峽，反正在黃河的一處莊戶，我和幾個弟弟閒聊。談話間提到了「乃夫思」的含義，大家說，在這一帶說起這個詞，大致還是貶義的。乃夫思一字常與海哇連用，專指人的壞脾氣。然而這個詞也帶著更重要的褒義：乃夫思指人的天性；人的精神意氣、尊嚴氣質、性格人品，也都在乃夫思的範疇裡。

確實，張序是百年不遇的慧眼之作。但阿訇的究裡，也有將軍難以洞知的層位。我執拗地感到——在馬良駿的深處，他追求闡明一個乃夫思的道理。

我想，馬良駿在回答自上磨莊的時候就遇到的乃夫思問題。比起回民社會常見的解釋，他剖析的乃夫思涵蓋要大得多。一己的乃夫思：所謂鬧脾氣、沒修養，並不能與偉大的生命的眞性相比，不能與造物主給予生命（乃夫思）以信仰（伊瑪尼）後，那精神的賦性相提並比。

西北把沒有十年寒窗念過經的人，戲稱做瞎漢（文盲）。對這樣的哲學概念，畢竟一介瞎漢，不敢浪加解釋。所以好幾年裡，我到處向聖職人士討論求教。

後來有機會作客在馬良駿後人的家裡。終於找到了這裡，我想著，對他的次子，提了一個又一個想了多年、已經發酵的問題。

「二師傅，您參悟——他老人家爲什麼寫了那麼多的乃夫思呢？」

二師傅一手舉起筷子：「吃菜，吃菜沙！」

也許是不知客人根柢，主人不願細談。我在多少覺得突兀的同時，也覺悟到，這深沉的命題，已經不能再探究了。那飯菜非常豐盛，我吃著，滿心惆悵的滋味。寶貴的機會，在馬良駿的家族裡確認本意的機會，與我交臂而去了。

四

細細讀了張治中回憶錄，不由得暗自做著比較。顯然，他的處境諸般不便，結集的作品，固然是寶貴的文獻；但就見識就文采而言，大都不能說超過這一篇。

從英勇地投入淞滬戰場，與日本侵略軍幾萬兵力血戰；到重慶談判，把逆黨的領袖接到自宅就宿——張治中以一人之身，武有武道，文有文德。他主政新疆時期的政策文章，我堅信將被未來的人們回味不已。因爲施政作文的背後，不僅修養見識高人一等；而且眞的跳動著一顆赤子之心。

馬先生之言曰：各宗教之精神，都是歸向主、懼怕主，精神統一也。凡敬造物主者，應體主好生之心，推己及物，不以互相戰爭爲然也。如是天下和平，世界戰爭熄滅矣。又曰：若能抱良善宗旨者，必能得其心平。人心平，則無不平矣，又何戰爭之有哉！斯數語者，可謂盡之。……

嘗考伊斯蘭一語，意謂和平，乃與戰爭仇恨相對待之詞。古蘭經云：眞主的僕人在路上小心翼翼的走著，蒙昧的人呼喊他們，他們回頭答曰：「和平」。茲所謂蒙昧人者，蓋輕薄驕矜好戰之徒。穆聖以和平之教，普濟群倫，後世不察，誤謂左手執經，右手執劍。以訛傳訛，流弊所及，豈可勝言。……

一切宗教，究其根本，不過無限之神，必死之人，及兩者關係依次開展。亦不過人類精神脫離一切矛盾，而與絕對融合之過程。如假倭鏗之語以明之，則所謂經過否定而達到肯定，承認苦痛而超越苦痛，次第發展自己生命而與無限大生命合爲一體。國父論人格之發展，謂由獸性進於人性，由人性進於神性。夫既進於神性矣，安有所謂戰爭乎。質諸良駿先生，於意云何。是爲序。

我總感到，他在寫上述的文字時，心裡可能也會掠過特殊的感覺。在他的與苦難中國同步的複雜閱歷中，與一名阿訇的合作，會給他留下怎樣的回憶呢？

我只知閱讀的我如今只能感慨：爲那難得的攜手，爲一冊薄紙維繫了兩個那麼不同的人，爲讀時心裡湧起的純淨感覺。

張治中的回教史序，是中國知識分子水平的一個重要標尺。由於對伊斯蘭教一語中的的理解和說透，他的序將被人們一讀再讀，品味不已。

五

就這樣，這本書，從尋找到入手，再到一邊讀一邊確認，我在從甘肅到新疆的廣闊地域裡，若有所思，尋尋覓覓。時間像流水迎著我淌過，地點如走馬燈，圍著我變幻循環。我沉湎在讀書的樂趣中，順著山川指引，讀取著一詞一義。

寺裡的阿訇和頓亞的將軍，是那麼不一樣的兩界。偏偏他們兩人卻能相交相知，把事情辦得天衣無縫。

阿訇憂愁的是械鬥，將軍反對的是戰爭。阿訇悟出了賽倆目中間的和平，將軍看透了民族的前途在平等。馬良駿全文講的，只是眞正活著的信仰；張治中一生求的，只是中國的救亡。

在這本書裡，他們都總結了一世的教訓，說出了最終的結論。事情其實就這麼簡單，他們大聲疾呼的，其實就這麼清楚，只是——人們似乎聽不見。

春去秋來，我把世紀末尾的幾年，就這麼在大西北的徘徊裡，消磨著度過了。此刻冰涼的金風，正長長地從伊犁方向吹來，直直掃過張家川的山嶺。隨著風，梯田上最後的莊稼，次第捲過滾滾的浪。

無論在伊犁漢人街的陝西寺裡，還是在天水上磨川的黃土梁上，我翻弄著書頁，與當地人談論著馬良駿。當然這個名字無人不曉；傾聽著甘肅口音濃重的種種解釋，我暗自判斷和假定著。就這樣，一面在大地山野裡反覆推敲，一面在心中暗自嘆惜。難道這是能輕易實現的麼？現世和幽玄如此和諧，穆民和中國如此一致！

無論如何，那珍貴的心心相印，已經一去不返了。剩下我自作多情，為這罕見的雙聯文采，為這眞摯的雙手舉意。

音樂履歷

在平庸的日子裡，有時會忽然聽見一串樂句，像風在哪裡搖動了一株異樣的樹枝。它與衆不同，不是一般常說的悅耳。它也不同於古典的莊嚴、流行的瘋狂。我至今還沒有找到概括它的語彙。我只是霎時若有所思，一瞬感覺到了心魂被牽扯，有時當場站住，痴痴地聽下去。而它卻多是似是又非；一陣風飄了過去，就再也追尋不上。遲鈍的、失聰的日子又淹沒而來，又將久久地不能和它相遇了。

何止沒有聽出譜子歌詞，即便感覺和滋味也再不能分辨。哪怕固執地尋訪，但是已經追問不清——已經與它永遠地失之交臂了。

這樣的體驗一旦被自己意識清晰，以後再聽人議論歌曲音樂，就會覺得難以插嘴。人不會喜歡自己的沉默；可是怎麼說得清呢，那種奪魂的神秘和親切，那種迷人的坦白和浪漫！

我很少和人談論歌曲。哪怕是當人們談到一些受到知識界和青年強烈支持的著名音樂家；更不用說對那些充斥電視的老鼠腔狐狸眼、對那些廁所蒼蠅一般嗡嗡繁殖的「僞歌」

了。

漸漸地我必須習慣一個「偏激」的名聲。因爲這個莫需有的結論，我在漫長的、差不多走遍了北方的過程裡，無數次地審查著自己的感覺。不管手裡忙著什麼，我的雙耳總是在傾聽。我用觸覺留意，處處盼著與我念盼的歌子相遇。迎著那些清風般吹拂而來的、使我愛戀的歌，我再三地看到了——在這人間和大地上，存在著洗練的詩句、特定的和鬼斧天工的旋律、還有導致著一種種音樂類型的、幾乎無可概述的神秘氣質。

它們是眞實地存在的。

無論誰，在他活一世的路上，都會與音樂主要是歌——發生若干關係，雖然質類深淺不同。我也一樣，我可以用一連串的歌子，把自己的履歷編寫一過。

我回憶起伴奏著各種歌聲的過去。追憶中我不住地咀嚼著其中的意味。我不禁吃驚地發現，我居然長久地獨自涉水，逆溯著沖騰的水流。那些在往日漫不經心地哼過的小調，正滾滾淹沒而來。它們至今仍在強勁地沖涮著我，繼續著對我的改造。

一

一九六八年夏天，當我和兩個同班同學扒車插隊，混跡在正式被批准的知識青年隊伍裡，翻越了張家口大境門一線的長城，緊緊抓牢解放牌卡車的木攔板，奔向蒼蒼茫茫的蒙古大草原的時候，我們嘴裡哼的是清華老團的《井岡山的道路》，是還沒改詞的《長征組歌》，和被大小三軍宣傳隊唱紅的、譜曲不同的兩套《毛主席詩詞》。

在那條劇烈顛簸的，蜿蜿蜒蜒通向大草原的路上，我們沒有發覺：自己唱著的歌，和自己將要迎送的生活，其實各自屬於極其相異的文化。

時代的僞裝，相當全面地隱蔽了這種區別。

那時的草原，正在席捲著紅色歌曲大潮。只不過，沒有誰指出過它其實是「漢式」的。那時不僅人人都在唱《毛主席的著作閃金光》和《大海航行靠舵手》，而且還正在一個小節或一拍之間，拼命地塞進好幾個蒙語單詞。雖然已經住進這片將要安身立命的草地，知識青年們卻沒有怎麼擔心自己的蒙古知識缺乏。我們只是興致勃勃地在那轟鳴的大一統主旋律之中，和貧下中牧們一起大喊大唱。

只是，非常不同的是，在這種大喊大唱時使用的，是一種新鮮的語言。

最初的蒙語學習，最初的對異質文化的接觸和喜愛，居然就在簡直可以說是最不自然的方式中，自然而然地開始了。今天我才懂得：多少人永遠不能接近的一步質變，被我們跨越得簡單至極。此刻回想，只覺得不可思議。

時代的野性也鼓勵了在這個方向上的興趣。因爲，突兀地加於我們的，還不僅是壓抑的政治和乾癟的「藝術」，更有亙古沿襲的——騎馬游牧生活。

青春的欲望和活力，在騎馬的生活方式中，被釋放和平衡了。

隨著第一件袍子穿破，隨著對牧人生計的熟悉，以及在生產隊（今天叫嘎查）的家族和人群中找到了自己的位置，昔日的北京中學生們闖過了蒙古語言的第一道關口。應當說，在這裡的一片空地上，很多人都停步了。生活總算有了秩序，餘下的只是謀生，他們不打算再費力改變。

而且，誰也沒有要求過誰什麼。

可是，在另外一部分北京學生的內裡深處，卻不易察覺地滋生了一個細胞。起伏的牧草，合理的飲食尤其是奶茶，鮮豔的袍服，駿馬和忠實的狗，慷慨而不道謝的作風，引誘著啓發著他們。追逐畜群作息，觀望水草遷徙的日復一日，使他們的身心漸漸薰染上了一層蒙古牧民的、難以形容的氣質。

壓迫人的政治空氣，並不能阻擋敏銳起來的蒙語聽力。那麼人就會向著魅力傾倒。對於我，就是向著蒙古舊歌的傾倒。

是有生第一次嗎？當我初次從一種異族語言中接觸了那樣的表達時，我有些不知所措。

只是，幾乎就是在感到興奮的同一個瞬間，我就明白了——我不能和這些歌不發生關係。

「十兩黃金打成的摔跤服，在後背的上面閃著光。」而在草原上聽的時候，它的蒙語原詞不僅比漢譯更富畫面感，而且韻律間還有悠悠的讚嘆：

Arban lang-gin altan jodag

Ar-ine dēgür gilaljina...hoi

和漢語是多麼不一樣呵，它居然是句首押韻！**a**對**a**，阿勒巴（十）對阿楞（後背）！年輕的我叼著草棍，躺在牧場上想入非非了。眞絕呀，接著，「二十兩絲線繡的花護腿，在護腰的下面閃著光」：

Horin lang-gin holgai tōxiu

Hormuic dōgur gilaljina...hoi

從十兩到二十兩，從穿戴到籍貫，傳奇的摔跤手獨龍章被吟詠了一遍。最後，「百兩重的一頭走騾子，在場子中央小走著出現了」——jō對jō，召（一百）對召西（jōsin，摔跤場）。當然，還要懂得什麼叫走馬的「走」（jorō），否則想像不出那頭走騾上場時又穩又搖的神態。

牧民們非常耐心地解釋說：走騾，據說是古來角鬥場上的最高級獎賞。低一級的獎是全鞍馬；再低一級是馬，然後是牛羊。我究根問柢：那麼爲什麼騾子重一百兩呢？牧民們哈哈大笑。

躺在草地上的我，捉摸著這種奇特的性格。這些舊歌子，對詞彙的使用簡練得幾乎吝嗇，比如動詞「閃光」就只是重複而不替換。而名詞則是全套的蒙古話；排著隊一樣，滾滾而來。最新鮮的是，從來枯燥的數詞在這個隊列中無拘無束，活潑又可愛。

就這樣，我接觸了韻腳、音節、詞首和句尾。也是這樣，我第一次見識了樸素而有趣的比喻、排比和比興的藝術。對於一個在一所重理輕文的工科大學附中裡，幾乎從未接觸過文學的中學生來說；對於除了小人書和語文課本，再沒有誰爲自己開拓視野的普通北京孩子來說，這些異樣又對仗的蒙古詞兒，是一次新奇的啓蒙。它們像灌頂的雪水，像開竅的一擊，弄得正在草原上尋尋覓覓、精力過剩的，剛剛滿了二十歲的我滿心歡喜。

第一首學會的舊歌是什麼？是《乃林呼和》還是《獨龍章》？時至今天記憶已經模糊了。記不清我那時是用漢字記的音呢，還是用別字連篇的「準蒙文」加上俄文字母和漢語拼音。我耳朵豎直地聽，右手急速地寫，把老人們好不容易才吐露的一句半句，不求甚解，先記下來。

恐怖的政治，從來直接壓迫人的歌唱。阿爸額吉們沒有忘記謹慎，他們往往唱了幾句就後悔了，生怕因爲宣揚古舊而招禍。他們在教了幾句以後，往往就神色不安，漸漸坐不住了。「拜！都是舊東西，拜！」他們連連揮手，堅決不教了。但是，我大多已經勝利地記了下來。

由於蒙古長調的用語的樸素和口語化，諸如「大海喇嘛的祭會上，它七十三次跑第一」那樣的奇句，往往讓人一聽即熟，過耳不忘。這種樸素成全了我，使我不至因爲沒聽懂、沒記住，而落得過多地得而復失。這種樸素不僅使我感慨，而且至今使我體會不盡。

歌詞因人而異，古歌在每一個歌手那裡都被隨意增刪。我忍住煩，費勁地一個人一個人地反覆打聽。後來我懂了，確認一種界乎民間流傳和傳世古典之間的舊歌，是一件不易的大業，歌子的生命也就在於它的衍變。但我的要求不高，我的願望只是大體學會立即上口；只是用這些異色的歌來強化自己身上的、那被我滿心喜愛的牧人味兒。

那是我的最初求學。

我在馬背上游蕩，琢磨著遠近的老人。歌子成了我的心事，我用一切辦法引誘和啓發他們開口。一般在羊群安穩的時候我就去串包，然後端著茶碗哼出半句，他們大多不可能懲住，大都會接下去。當然求學不能只靠這些小伎倆；在嚴酷的草原，人之間的關係在隨人的品質改變。記得在我教游牧小學的那個冬天，有一次颳著凶狠的白毛風，放學時颳得更猛，四顧天昏地暗。我把布德的小女兒抱在胸前，踏著雪把她送回了家。那一晚，布德似乎為了報答，他拉起了四胡，唱了一個晚上——我記詞又記譜，手臂都寫累了。

那一夜在我的經歷中相當重要。許久以來我一直認為，那一夜使我突破了向著底層和人的防線。近來，我又總是想，是那一夜使我靠近了眞實的音樂。

蒙古民歌啓發了愚鈍的我。似乎心裡有一絲靈性在生成。幾年時光如白駒過隙，終於，我遇上了那首神奇古歌，當然，它就是長調《黑駿馬》。

至今我依然對這首歌咀嚼未盡。你愈是深入草原，你就愈覺得它概括了北亞草原的一切。茫茫的風景、異樣的習俗、男女的方式、話語的思路、道路和水井、燃料和道程、牧人的日日生計、生為牧人的前途，還有成為憧憬的駿馬。我震驚不已，它居然能似有似無地、平淡至極又如鏤如刻地描畫出了我們每年每日的生活，描畫出了我那麼熟悉的普通牧民，他們的風塵遠影，他們難言的心境。特別是，他們中使年輕的我入迷凝神的女性。

這支偉大的古歌無可替代。順便說一句，小說《黑駿馬》在改編成電影以後，我一直覺得不好過多議論。如果只說一句，我覺得電影對那首古歌勾勒的基本游牧世界的畫面，以及它敘述的那種古樸的生活方式，缺乏神會和探究。自然，耳朵和眼睛都隨人而異；也許那古歌能給人不同的印象。它給予我的，是一種異色的誘惑。多少年了，它總是給我不盡的感嘆和啓迪。已經不能計算有多少次，我從完全不同的角度，一再地對它驚奇不已。

不錯，我已經和它結成了一種秘密的授受關係，好比芨芨草叢生的雨季洼地，它常年浸泡般地，徐緩地改變著我。而我，每當我聽見了它遙遠的流音，我就想竭盡全力喊出一響回聲；我總想以它象徵的生活本質，批評傲慢而空虛的文化。

歌子促進著語言。歲月推移帶來的語言的熟悉，又使我學會了更多的歌子。我沒有對證過別的朋友，也許我學的並不算多；不過是，我一直在吟味而已。

至於旋律和曲調，至於蒙古民族爲什麼找到了這種音樂，對於我還是一個深邃的謎。我常常對它依仗著那麼簡單的因素就能保持的、那麼持久的生命力，反覆地暗嘆不已。

唱蒙古歌的要訣是必須騎馬。

若是不騎馬，無論如何也不會唱得自在。而一旦馬兒奔馳起來，身隨馬，聲隨蹄，那麼無論是誰，又都能傾吐出一串又一串自由至極的、顚簸滑下的長音。歌唱在這個火候上，其實是無所謂好聽與不好聽的；只有這麼唱，才能騎姿和唱勢都舒暢，才能使人馬世界還有心情，都達到和諧。

在馳騁和呼喊的縱情之中，人痴醉了，有時我眞的覺得自己化成了雨點般的蹄音。歌聲只是在奔跑中的隨地拋灑。盈溢胸膛的，都是日復一日的心事和渴望。在馬鞍上，耳邊風疾疾呼響，欲望被鼓舞了。旋律話語都不用改變，那種呼嘯顛簸之間的心情，和古歌裡唱過的毫無兩樣。

四蹄的敲擊密如雨點，體重一壓住鞍子，歌聲就被顚得破碎，墜跳閃滑著脫口而出。一霎間歌手不敢相信這是自己的聲音——唱慣了我就胡亂總結：著名的蒙古長調的自由滑落部分，也許就是這樣誕生的。只是，儘管有閃跳和滑落，它的定義仍然只能是「長調」。

什麼叫典型草原？也許，只有古歌的描述才最傳神。蒙古草原的地理，幾乎原封不動地進入了這種歌曲。

和其他民族比較，比如和高山牧場上的突厥游牧民族的音樂比較時，可以看到平坦草原給予古歌的特性。峻峭的森林和冰峰山谷，使得突厥人的彈撥樂就像密集的馬蹄。而綿延起伏的地理特點，卻奪取了蒙古古歌的主調，賦予了它長慢的旋律、舒緩的節拍。因爲，只有遼遠地盡著喉嚨和呼吸的極限，伸延再伸延，才能夠得上這坦蕩世界的無限。加上華彩裝飾一般的、激烈的跌滑，它描寫和抒發了——這無論怎樣疾奔馳騾也走不出去的、草之大海裡的傷感和崇拜。

當我二十來歲的時候，在世界的一隅，我學會了在六合八方洶湧的草海裡，匹馬獨行，心高氣遠地歌唱。那時曾是多麼痛快呵，我一分分記得那刻刻的愉悅，甚至是狂喜和興奮。

記得那時我得到了著名的白音塔拉的竿子馬，牠的顏色叫「切普德拉」，即通身紅豔、但有銀色的鬃尾和白蹄白唇的馬。牠非常快，飛一樣地下坡時人會失重。一夜，我在從一道山梁向下過癮時身子失重了，瞬時心如開花一樣甜甜地醉了，長調脫口而出。我忘情地在高高的音階上揚落跳轉，隨著馬兒衝下長長的草原。顫籁的、妙不可言的歌唱感覺，伴了我一路。

還有一次，但卻是另一匹馬，我在同樣的發瘋般的飛馳放歌中馬失前蹄，連人帶馬翻滾了幾圈。正是初春，滿地濕雪，我摔了個頭暈眼花。但是坐了起來，呆了半晌，用雪胡亂擦著臉上的血跡，第一個念頭是——唉！我還沒唱完呢。突然我忍不住獨自笑了起來。回到家裡，和兄嫂額吉們一說，大家又是一陣捧腹大笑。

後來彈指二十幾年。

身不由己地，我幾次重返過草原。或許，我的目的，就是要把這感覺「放生」麼？一九八五年夏天的一夜，我在蒙古哥哥的長子巴特爾的陪同下串包做客。回家時，抬頭看見，正是月上中天的時分。月兒姣好，真的像半個靜靜的銀盤。繁星璀璨，夏夜的草原在暗暗引誘。

我要放縱了。借著滿肚子的酒勁，我半是醉了半是有意地，劇烈地在馬背上東傾西歪，恣情地把當年的古歌一一吐了出來。馬兒衝過呼屏．烏拉，馳過汗敖包西側的丘陵，巴特爾無奈地緊貼著我，他緊張地隨時準備救護，幾次企圖奪過我的馬籠頭。而那時他甚至還不算兒童，只是一個虛數才兩歲的嬰兒。他把奶子叫「乎」而不叫「蘇」，光屁股只穿一件連褲的羊皮「格登」。

那是實實在在的、美麗的夜草原，墨藍的天穹下，只有我們兩騎馬飛馳著，穿過一座座氈包，順著傾斜的山坡，飛奔回家。

馬兒馳下山麓，長調激越起來，尖銳的拖音在高揚處還能三折三疊。我興奮得想哭。在北京，平日裡，我哪能這麼痛快地大吼大唱呢？後來，巴特爾說我那一夜是完全的爛醉，「aimor！（嚇人）」，他說。而我明白，我是清醒的。原來自古牧人一旦有了心事，就在馬背鞍上，把它緩急輕重地撒掉。我要用草原的夜歌，把心中的堵噎灑盡吐淨。

到了一九九六年，從我插隊數的第二十八個年頭，我又一次回到草原。因爲額吉逝世了。二十八年過去，世事滄桑，牧區富裕了。家家都端出健力寶和啤酒，我穿著團花的嶄新緞子長袍。依然是巴特爾陪同我四處轉悠；只不過他不是騎兵護衛而是駕駛員，我坐在他的嘉陵牌摩托後座上，聽憑這小子馱著我，以八十公里的時速危險地從山頂筆直衝下。

我憶起十幾年前，老人六十一歲的「jil」（本命年）時，我們就在這裡，在爐火熊熊的烘烤前，圍著她此起彼伏地唱起《乃林古和》的情景。嫂子的破長袍拖到地面，她攪著鐵鍋裡翻滾的奶茶，銅勺不斷地朝鐵鍋流下棕色的小小瀑布。她帶頭唱起了那首歌唱母親的古歌，調子起得又高又陡。大家應和著，不知怎麼都有些羞澀，因爲當著老人動了感情。歌聲高銳地拔地而起，久久地繚繞不散。我當然使出丹田之氣緊跟。我唱著，也捨不得地注視著。那一夜多麼難忘，我們復習古歌和往事，爐火照紅了臉龐，長調從半圓的蒙古包天窗扶搖而去。

老人在應該離開的時候離開了，沒有拖累和病痛。我雖然因她的逝去而長途奔來，但是我懂得，牧民的習俗中並沒有弔孝。我還是只休息身心，半躺著喝奶茶，用蒙語扯家常，在巴特爾陪同下出遊。

我和哥哥的話題依舊：孩子，燃料，畜群，羊毛價錢。我們都覺得，彼此誰也沒有變。我們避免過多涉及母親的話題，儘管我們非常清楚，我們都在想著她。

我們都喜歡一面散漫地談著，一面在營盤左近散步。遼闊的草浪方圓之中，少了的只有一個人，那位生養了他和影響了我的蒙古母親。草浪在靴子上摩擦，歷史就在眼前。一股無聲的氣氛，莫名地在四周升起，又輕悄悄地四散落下。我感到了古歌在走近，就是它，那音樂和汗烏拉的草海一樣浩渺蒼茫，它逼近著，我簡直就在與它對岸相望。〈二十八年的額吉〉，突然我想到了一個題目。

那一夜我失眠了。以前我從未在草原上失眠過，而那一夜我滿心都是句子、單詞、排比和比興，都是騎手們爛醉地縱馬馳過，高喊著我寫的歌詞的幻境。

一夜過去，我編成了幾個半截的句子，幾個想用的關鍵詞，幾個……一個野心突兀地出現在我的心頭。我的心思被它俘獲了，我一下子沉浸在對久疏的蒙語的尋詞摘句之中。

次日我用紙筆寫著想，又多了幾個半截句子，幾個比喻，幾個想法的表達。

次年，我還在對著它發愁。儘管心中反覆湧起著一團強烈的堵噎，儘管旋律有時已經轟擊和裹挾得自己不能忍受；歌子沒有出現，紙上的它，依然還只是一些句子、幾個段落，一行行蒙文。

一直到了今年，到了寫這篇散文之前我還沒有放棄幻想。我想在這一節收尾時使用它。可是歌沒有寫成。我絕望了：我缺乏足夠的修養和才力。

二十八年變成了三十年。儘管我真的從對一種古歌的喜愛，神差鬼使地走到企圖寫一首如此的歌；但是，萬能的造物平衡著人的成敗，制限著人的野望。

絕望並不痛苦，它是溫暖和深沉的。在計劃以後寫的散文〈二十八年的額吉〉裡，我會把那幾個零散小節和半截句子整理一下，但我已經不會強求了。

也許可以說，在蒙古草原上的日子裡，我聽見過自己這條生命的，可能的和最好聽的歌唱。馬和歌，我發覺「這一個我」正合我意。如此一種感覺，決定了此生我的做人與處世，惠與了我以幸福和成功，也帶來了我要接受的一些麻煩。無論如何，感激草原，它使我遠離了另一種——我想是可怕的存活方式。如今回顧，何止單單是一時橫行的「紅文化」；游牧烏珠穆沁和蒙古古歌的履歷，拖拽得我如同墜落一般，劇烈地傾斜了自己的選擇。

我開始朝著一個魅力世界墜去。一個幽靈已經潛進了我的肌骨筋絡。它在我的深處凸動著，催化著血肉的一次次蛻變。直至今天它還在鳴響著、掙跳著，不可控制，重現不已。我不知這是福是禍，我不敢判斷究竟該驕傲還是該自省。我只知道它使我此生再無法回頭。反正它不會全是壞的；至少，平庸順從的人生，猥瑣噤聲的人生，與它賦與我的氣質，已經不能協調。

二

隨著一個個的變化，後來我從一個職業牧民變成了一個職業寫作者。裹挾我的時代也從六十年代來到了蛻變更新的八十年代。現代正沖淘而來，帶著炫目的色彩和轟鳴般的聲響。

憶起八十年代的文學環境，可能不少人都會有多少的惜春感覺。時值百廢俱興，現代藝術如強勁的風，使我們都陶醉在它的沐浴之中。穿著磨破的靴子、凍疤尚未褪盡的我，那時對自己教養中的欠缺有一種很強的補足願望。回到都市我覺得力氣單薄，我希望捕捉住「現代」，以求獲得新的坐騎。那時對形式、對手法和語言特別關心；雖然我一邊弄著也一直在琢磨，這些技術和概念的玩藝究竟是不是真有意味的現代主義。

文學領域，特別是小說領域的故作虛玄和曖昧怪奧，使我淺嘗輒止和心裡疲倦。一個朋友的介紹，使我偶然地碰上了岡林信康的歌曲。初聽時雖然有振聾發聵的新鮮感，但我並沒有意識到，這個遭遇，對於我見識「現代派」有多麼重要。

關於日本歌手岡林信康，我已經寫過三篇小文，還有他的一張CD解說詞。此外用日文發表的，還有我和他在《朝日Journal》上發表的對談《從兩個邊境看到的文化》；以及論文《絕望的前衛》。我不願寫得更多；我曾表示，就對岡林信康的分析和介紹而言，以上的文字已經夠了。

但是在我的音樂履歷中，這一格如同學歷：一個被蒙古草原的古音塗抹過耳朵、但還不能把握它的含義的現代人，或許需要一個類似學院的階段。誰也不能拒絕現代。如果歌聲和音樂真的與人的進步息息相關，那麼音樂的路上必須有一個究及現代的階段。

對於我，那是離經叛道的、極其新鮮的體驗。我久久地不能分辨，它是聲音？是肉體？還是一種質地的美？好長一段時間，我的聽覺和思路，在這些念頭中間被撕來扯去。

過分清晰的，帶著喘息和胸腔震鳴的原樣的肉聲，給了我異樣的、首先是生理的感覺。有一個評論家說，他聽岡林的音樂會時，像被鐵錘猛砸著後腦。那種過度的刺激，把人幾乎是一陣風般擄掠而去，使人完全不能抵抗。

不用說我們聽膩了贗品和噁心的作假，這種嗓音當然因人而異。只是他不同，十幾年聽著，不管我怎樣審視和挑剔，我還是一次次地肯定了他。他的音質很難形容，哪怕在震耳欲聾的喧囂聲浪中，也藏著那一絲特質。他的聲音比常人高出一階，這不單使他在嘶吼中游刃有餘，尤其在低唱時，帶有一種透明的男性質感。

這個質感很特別。我發現由於這個質地，他和別人區別得很清楚。在錄音帶或唱片裡，尤其是在音樂會的現場，只有那一絲本質任他迴避而不能掩飾。它時隱時現，深藏又閃耀，如隱現的磁場，悄悄地抓著聽眾。是的，哪怕在他唱得最放縱最瘋的搖滾時期，那些怪誕野蠻的話語裡仍然挾著一股聖的音素，使人不斷地聯想到歌手的牧師家庭，和歌手的唱讚美詩的幼年。

與歌聲共存的，是歌唱者的臉龐。那樣的歌，要求著與歌手徹底一致的形象。後來岡林信康曾經對我開玩笑說，他可能有俄羅斯血統。裝幀者曾利用他的形象，在一張唱片廣告上把他畫成一個十字架上的耶穌。他有一雙低垂的眼睛，長髮蓄鬚，在日本人中罕見而拔群。變幻的燈光照射之下的他，回蕩的聲浪浮托之上的他，給了默默聽著的人們一個美男子的確認。

這些是視聽中的現象。只是他的現象特別誘人思索。誰都知道，缺乏內容的表層，是不會達到美的。如果從八三年開始算，我追蹤和傾聽了他十幾年，漸漸地我明白了他始終在竭力調動著自己複雜的經歷，順遂著自己的天賦。

他立志做一名牧師的少年時代，他練習拳擊以感受肉體痛苦的故事，他的考入同志社大學神學部又退學放棄教會的選擇，他的著名的在山谷貧民窟出賣體力、當日雇工人的體驗，他買了一把劣質吉他一鳴驚人的傳奇，他的作爲六十年代左翼青年的「民謠之神」、大紅大紫的記錄，以及又突然遁入鄉間自耕自食的行爲，他的被人牢記不忘的名曲《山谷布魯斯》——，他不僅極盡了歌星的風流，更積蓄了寶貴的體驗。

三十年彈指而過。其實如果缺乏底蘊，那麼過了中年以後，明星的能力就大多衰竭了。對於藝術和思想來說，時間的含義是嚴峻的。

在日本，在六十年代的群星紛紛凋落以後，唯有他，不僅能成功地完成重返舞台，而且還能再三地掀起波瀾、保持著自己的存在價值——我想，他的異乎群類的特殊體驗，是關鍵的原因。這種向自身經歷強求力量的努力，有時甚至使人覺得難過。他在一九八六年九月和我的對談中，突然說過這樣的一段話：「還是最近，借著老父親做手術臨死的時候，才終於寫出來一首。可是結果呢，老頭還是沒爲我死掉。」在場的人一片轟笑。他指的是抒情的《'84冬》，一首凝視著病床上的父親的歌。日後我幾次重讀那本《朝日Journal》，總是不由得盯住這段話，心裡不是滋味。

只有開一代風氣的鮑勃・迪倫（Bob Dylan）才擅長的寫詩才能，在這個日本歌手身上同樣表現得淋漓盡致。他的詩句不定不羈，人們很難猜出他的念頭由來。這種自由的才能在早期就已經顯現，他能在凶狠粗重的搖滾和囈語中，突然插入非常直接的輕柔抒情。比如《Hobitto》。他編了一個自己在「Hobitto」（咖啡館）裡遇上一夥要去示威的左翼學生，由於那些女大學生嬌聲邀請，就決定和他們一塊去跟警察幹。半路上碰見一個唱他的《朋友啊》（此曲一度被當成小國際歌使用）的青年，捉弄了那害羞的青年後繼續前進。見了警察後他掄起武鬥棒，對準警察的腦門一劈而下——而警察也在同一瞬間掏出了手槍。岡林信康唱得又瘋又痴，節奏快得如同快板書。兩段相接的當兒，他居然還對唱片外的聽衆說：「您受累啦。」而「究竟武鬥棒是劈開了警察的天靈蓋還是沒有劈開，警察的手槍裡是打出了子彈還是沒有打」，他的結尾句是「請聽下回分解。」

而在一堆如此的亂暴合集中，他又突然用單調的口琴聲和吉他和弦伴奏，唱起秋天的紅葉，風中的蘆草；敘述「姊姊已經有了，已經有了第二個孩子。前面的小五月子，已經成了，已經成了小姊姊」——表露他寧靜的另一面，表達他比普通人還要平易的感情了。

我又開始有了一種模糊的觸覺般的感受。

那是繼草原以後，對一種語言滋味的不確切把握。岡林信康的歌曲使我對又一種語言有了體會，日語的語彙限度和曖昧、它的特用形式，使得這種語言常常含有更重的語感。他的歌詞則在這一點上更突出：時而有入木三分或使人如受襲擊般的刺激。而我並沒有太留意：我正在雙語的路上增加記錄。

我覺得這都是爲著躲避；爲著躲避人們要求他暴露眞心的逼迫。一切都是依仗才能，當然伴隨著捕捉旋律的作曲才能。藝術的殘酷說明著社會的殘酷，人們好像是享受藝術，而實際上是在享用藝術家本人。這個道理，經過中國的政治空氣濾出以後，一分分顯得令人心悸。

岡林信康的作曲由於涉及了廣泛的形式，其實應該受到更充分的評價。從早期的folk song，到大潮大流中的搖滾，到電吉他以至大音響效果，再轉頭回到日本的演歌。演歌其實是「豔歌」的一個變稱，顧名思義，日本流行的大多數演歌都相當俗氣。可是岡林的幾首還是有一股清純，作曲也地道至極。其中有兩首，是他爲盛名經久不衰的演歌女王美空Hibari（有人譯成美空雲雀）寫的，但美空當然不可能反映岡林信康在農村自耕自作的意境，所以她唱的並沒有岡林的男聲唱得好。美空與他之間的合作，大概是他一生中最後一次明星行爲。

但是，左翼之星的政治標籤，不管他怎麼撕，還是牢牢貼在他的臉上。從八十年代到九十年代，就連我這樣一個外國人，也不知幾次地目睹了聽衆強求他重唱舊時抗議歌曲的場面。而他似乎毫無禮貌，在樂器譜架之間和台下的聽衆爭吵，臉上的滿是不在乎和惡作劇的表情。只有少數朋友才能透過那表情，看出一種受傷的野獸般的絕望。對政治的恐怖，居然能迅速變成對眼前觀衆、對圍著自己的人們的恐怖，這種苦味，他不知早於我多少年就嘗夠了。

當他剛剛宣布要用類似中國的「呼而嘿呀」的「en—ya—to—to」做主旋律時，我完全沒有相信。關於藝術的諾言常不可信；你不敢斷定哪一招是眞心，哪一招是招攬。即便是被環境逼迫吧，藝術家常會有冷靜的狡猾一面。

但他看來決意已定。整個九十年代他沒有再做改弦更張，每一首歌都使用最傳統的日本民謠號子做旋律和節奏的基調。包括《雖然沒有成爲James Dean》和不久前他剛剛寄給我的、紀念早逝母親的《風歌》；即便在這類最適合他本意的心底抒情之中，他仍然放棄folk song唱法，放棄微微歐化的修飾，放棄現代派的習慣，把心情納入大鼓和竹子的單調打擊。

我記得那時已是九二年，我已經自以爲對他做到了掌握，就在爲他寫的CD《信康》的解說裡藏入一點微詞。後來在北京，又在爲周刊《AERA》使用的一篇文字（只用於採訪者引文，沒有原樣發表）裡，婉轉地對他的「尋根」表示了不同意見。我第一次用文字建議他回到依靠詩作，獨自一人、一把吉他的路上去。

可是出乎我意料的是，他的態度居然在私人的書信之間也那麼堅決。他讀了我給《AERA》的原文後回信說：「我很明白一把吉他彈唱是我的一部分才能。但是以它做爲音樂活動的中心，會不會變成對尋求三十年前政治歌的人的迎合？我有這樣的恐怖心。因此，不能那樣。」

我建議的，其實是他的「無拳套的演出」（Bare knuckle revue）方式。而他卻早留意了我對政治形式的拒絕，因此他乾脆斷言——抒情與政治之間的危險聯繫。只是話裡行間，還有更多的難言之隱。我幾遍地讀著，這封信，應該說是他的一次尖銳的內心暴露。我暗暗感到震動。

八十年代中期，他在一連幾張「成人pop」裡嘲男笑女和胡塗亂抹之後，終於走上了「無拳套的演出」。他考證說，在一八六七年規定拳擊必須戴上皮製手套之前，拳手們是用精拳搏鬥的。音樂在沒有電氣設備音響伴奏之前，歌手們也是用肉聲唱的。因此，Bare knuckle revue就是扔掉歌手的電拳套。放棄一切音響和工業化手段，放棄如今的「歌」已經不敢離開的電氣化粉飾和掩護，像古時那精拳上陣的鬥士一樣，以眞的「歌」面對人們。不用說，這樣的觀點使我深深讚嘆。這樣的歌，和我在蒙古草原上蒙朧跟隨過的歌，似乎有著一絲維繫。

那是我眞正明白岡林信康之不同凡響的一次。他依然是前衛，如兄長一般又走在前面。如同一個暗示一樣，我已經覺察出，我的文學也在走近同樣的路口；我早晚也要走向類似的抉擇。

已經不是七千人擁擠在日比谷野外音樂堂歡呼的時代了；他一把吉他，獨自一人，在各種館舍、廟宇、結婚式場、青年會、農協、酒館飯店——發動聽衆鼓著掌給他伴奏，讓歌聲和淋漓的汗水面對面地迎著他的聽衆。他的「無拳套的演出」遍布日本每個角落，幾年裡，一共進行過近三百場。後來到了九十年代我們又在日本重逢，他告訴我，八四年六月九日，我在東京Egg Man聽過的那場如醉如痴的演唱，原來就是Bare knuckle revue大規模實行的開始。我總覺得，只有它，只有回到獨自一人的「無拳套」的英雄路，才使這個Bob Dylan的日本複製品終於在一步之上超越了Bob Dylan。因爲那種歌唱逼近了歌唱的原初，它造就岡林信康達到了一生藝術的頂峰。

但是岡林信康顯然並不像我這麼重視「無拳套演出」的意味。他的悲劇在於，他今天對日本號子的宣傳，和昨天對「無拳套」、前天對演歌、更以前對回歸農村的宣傳是那麼類似。在日本他的聽衆已經很少，他在試著接近亞洲。而亞洲是歌舞的淵藪，不僅有能力問題，他的常識是否夠用也日益嚴峻。九三年的CD裡有兩首蒙古題材的創作，那簡直是敗筆，令人不敢聽完。

日本的六十年代人，包括他，如今都進入了五十歲。前幾年在東京，我問過他對「以後」的考慮。他說：我除了唱什麼也不會。最近在《風歌》的附信中，他主動提到他的五十歲，但他說他要做「新的出發了」。在歌詞以外，他還是只傳達自信。我沒有讀出一丁點傷感，他的筆跡依然草率輕鬆，用語漫不經意。我讀著有些難受，旋即又覺得多餘。

寄來的《風歌》還是試聽帶，依然使用號子的底色。其中的題目曲《風歌》一首，是岡林信康頭一次涉及他早逝的母親的歌。

也就是說，他的決心是眞的。他決心把自己一切最寶貴的，都在這激烈、單調、有些古怪的竹木笛鼓之間孤注一擲。

茫然地聽著一陣陣的號子變音，我猛地想起《雖然沒有成爲James Dean》。那大約是在九二年，他在受到尾崎豐之死的刺激後，寫出的一首堪稱最眞摯的自敘傳的歌。歌手尾崎豐死於年輕的二十六歲，他的歌尤其他的死贏得了成千上萬的青年。電視上接連幾天一直播著痛哭的年輕人弔唁的鏡頭。岡林信康對尾崎的死，用《雖然沒有成爲James Dean》進行了發言。詹姆斯・狄恩（James Dean）是個流星般的演員，幾乎是與成名同時就死了，也正因爲他活得短暫，他在死後就更加出名。人人都愛看他的電影，他成了年輕地走上藝術祭壇的象徵。岡林信康的這首歌在東京的首次演唱時，是在日清大廈裡一個可以邊吃邊聽的場所。再不是衝破警察維持的秩序、跳牆擠入人海、數千人共同狂吼狂歡的年代了；如今他的會場首先要滿足客人胃口的品嘗，然後再給客人添加音樂的品嘗。

一個歌手死去了
只有二十六歲那麼年輕
他被人們捧上了祭壇
從此變成了詹姆斯．狄恩
我曾被歌累得疲憊到了盡頭
一直逃到了深山野村
那年剛好也是二十六
而且至今又是二十年

記得唱到這首歌時，沒有太多的聽衆注意他的表情。隔著變幻色彩的照明，我覺得他如同一尊雕像，棱角鋒利，目光冷漠。這首歌的配樂如同竹子的嗚嘯，絲絲淒厲。在激烈蕭殺的竹木伴奏正中，他抱著吉他，反覆地唱著這樣的副歌：

雖然沒有成爲——詹姆斯・狄恩

但是能夠活了下來；還是該說，眞好

我不知道，使用母語聽人如此表白時，聽者會不會感覺舒服；我更不知道，使用著母語，對著人唱如此坦白私人心事的歌時，歌手的感覺會是怎樣。但是無論我有過怎樣複雜的心情，當時我並沒有留意——《雖然沒有成爲James Dean》的作曲，用的就是傳統的號子變調！他的小樂隊汗流滿面，重重地打擊著竹筒、三弦，還有震耳欲聾的大鼓。特別是竹子；他的樂隊頭目是忠實的平野，一個人負責編曲、旋律吉他、電子琴，以及最主要的擊竹。他把砍來的竹子挑出不同質地的幾節，製成一個打擊竹樂器。我一直暗想這麼幹不如乾脆打梆子，但是那一次——我突然聽到了一排竹筒發出的，無可比擬的淒厲傾訴和逼人的效果。

像農民號子一般晃動的、古拙得節奏單調的音樂，淹沒了岡林的吉他。一派不易形容的聲浪，使得手持吉他的他，完全抽象成了他的形象。我想，當年，他僅僅二十幾歲的當年，在萬衆歡呼中握緊吉他，唱著震撼了一個國度和一個時代的《山谷布魯斯》時，他的形象一定就是這樣。毫無疑問，因爲我清楚地看見了一種永遠不變的，人的質地。

追憶起來，居然一直聽了他十八年。我不僅覺得珍惜，而且意識到這已是我經歷的一部分。以他為入口，我接觸了現代形式的歌曲。這種學習和蒙古草原的長調不停地摩擦撞擊，催我總是在一個念頭上捉摸不完：究竟什麼才是歌。當然，概括一個深刻的結論不是我的事；我只是覺得，流水般的悅耳音聲流人心裡，人的心裡不再僵死枯硬。音樂的流水直接滋養著我的文字，若不是幾條小溪分別注著活潑的水，我早就在那些呆傻的乾癟作文裡死掉了。

我的體驗常常被他唱出，多少次我驚奇和感到親切。我愈來愈習慣了以他為參考，對一個蹣跚在嚴密控制的環境裡的作家來說，對世界的參考是極其重要的；只是大多數人都參考文字，而我喜歡聽歌。

做為一個外國人，我對岡林信康所下的工夫，已經使不少日本人覺得過度。可是我想，他們不懂得在藝術懸崖的邊緣上站著的個人，需要的心境是什麼。時間積壓太久了，我自己也追究不清，到底我為什麼那麼長久地聽他的歌。我無法擺脫一種辨別後的美感。他的歌被我比較過、判斷過多次，我不能否定自己的聽覺和感動。我總想作證，他的歌裡確實有著美的質感。

後來孩子也開始聽他的歌了。女兒經常邊聽音樂邊做功課，以減輕沉重作業的壓迫。但她說：「不能一邊做作業一邊聽岡林叔叔的歌。你根本就做不下去。不用說他的詞，單說他那嗓子吧——太好聽了！」我這才敢信任了聽覺。或者孩子的感覺更可靠；由嗓音傳達的氣質，還有人的某種不易解釋的內涵，當然還有直截反映思想的歌詞，區別著現代的歌潮歌海中的眞僞。

他的男聲獨訴在房間裡傳蕩。又是最後扔開手裡的筆，乾脆一聽到底。一張張唱片走著自然而曲折的路，如今我抽出任何一首，都如同電影的切入，看見他那時的形象。是的，歌子未必曲曲經典，偶爾敗筆甚至一個時期的迷茫都確有存在；但那形象的美從來沒有消失，儘管，我也開始看見它的衰老。

十數年的歲月裡，聽岡林信康成了我的休息，也成了我的功課。後來他對我不再是什麼現代主義的參考，而只是一個可以信賴的兄長。我們有了淡淡的、但是彼此相敬相遠的私交。他是我因遊學和打工而結識的衆多日本人中唯一的名人，但卻是這衆多中最平易的一個。

和他在一起時我經常想，其實成爲明星並不難，只有獲得美的質地最難。若是具備這種本質，旋律和流暢的作曲會來到，有力而富有靈性的文章也會來到。它們都並不是欺世文藝的花屁股。

在接觸他本人與聽他的歌之間，存在著奇異的距離感，也感受到巨大的原因。就是這樣，一面覺得不可理喻，不能相信這風暴般的搖滾居然從詞到曲都出自他的筆下，也不能相信那排山倒海的音響是源於他的口齒之間：另一方面，又覺得道理簡單至極，從來如此，最棒的一個才最樸素。

我還在聽他。雖然他目前堅持的「en–ya–to–to」形式使我多少有些擔心，但是我對他的傾聽已經是我的個人行為。他的聲音依然高人一階，但是已經失去著引而不發的餘裕，和令人豔羨的那種豐滿。他的聲音在不易察覺之間帶著一點喑嘶。這更使我凝思屏息，聽得緊張而集中。不，不要緊，我在心裡對自己說，在他隨著他喜愛的大自然逐步遠去的時候，歌聲並沒有失美。在我聽來，它清清楚楚地在那些旋律節拍之間，在高亢淒烈的竹子擊打中掙跳，高傲而孤單。它依然與眾不同，一如舊日地閃爍不已。是的，仍是他人不能企及的獨特光芒。

確實，無論是歌，無論是文，決定的因素從來沒有變，最終決定的還是有血有肉的東西，還是人的眞摯，拔群的氣質，還是血肉的美。

在寫這篇文章的時候，日譯本《北方的河》正好在日本出版。出版社居然找到了他，而他——這前任「folk song之神」的岡林信康，居然為《北方的河》寫了封套環帶上的一段話：

大約十年前，讀了張在日本雜誌上發表的岡林信康論，我從心底裡流出了眼淚。他是紅衛兵這個留在世界史上的詞彙的命名者；在沉重的前紅衛兵的標籤之下，持續著實現自己的嚴峻旅途。我想，正因此，他理解了在民謠之神的標籤下痛苦的我。人都是爲了成爲自己、爲了實現自己而活著。在如此之深的題目下的這個故事，我只能祈願，它能夠在日本被盡量多的人讀到。

他提及的岡林信康論，指的是我寫的論文《絕望的前衛》。我是在拿到書之前聽說他爲我寫圍帶的事的，我有些震驚。因爲這一段話將隨著每一本書，在大大小小的書店裡爲我促銷——在書滯銷時更會與書一同被冷落。他是在爲了我破例。我心裡掠過強烈的不安，如果我在東京也許我會阻止這件事。但是，看到他的名字印在封面洶湧的黃河浪頭上，我又覺出一種莫名的安慰。也許對一個日本歌手來說，靠近偉大的黃河，並非是一件小事。此外，他講及的話題，於今天的我更絕非無所謂。我不知道，此刻在我心裡湧起的，是否也是流淚的感覺。

我還會繼續聽下去，懷著善意的關心、學習的姿態和嚴肅的質疑，直到或是他或是我先一步離開。已經不是簡單的愛惡臧否，岡林信康，這個存在給了我一個完整的現代主義藝術家的例證。他使我覺得親切，也使我在雙語尋求的路上更有信心了。

我是在很久之後才覺察到，我愛聽的歌，大多不是由漢語表達的。已經有人非難，我自己也暗暗吃驚。

三

有一陣我主動補習西洋正統，託朋友買了一大批磁帶，也去聽音樂廳和朋友的演奏。那些縹緲的合奏確實使人如入夢幻，我也自覺很喜歡。但在請教時我總有一句話說不出來，但我不知道那是什麼。我聽著，我沉默。行家的解釋好像周密，但原因是曖昧的。他們說的不是被襲擊時的感受，而是一種秩序般的詮釋體系。人不能在聽覺上也隨波逐流。我委屈地想，該有一針見血的、本質的解說，在我找到它之前，我寧肯應聲而去吧。

宿命的是，漢語之外的啓發還剛剛開頭。

是的，語言幾乎不能更替。回憶蒙古古歌和岡林信康的時候，我只需十數一二。喜愛的歌，會使人對一部分外語記得爛熟，並且使人悄悄進入它的語感和分寸之中。然而眞是學無涯；後來我多少次對朋友說過——臨死前若是問我有什麼憾事，我就說，此生沒有掌握哈薩克語，此恨綿綿！再後來，隨著我對塔里木南緣的文明開始了解，更對維吾爾渾如天成的文化構造禁不住地驚嘆；我又斟酌好久，最後把這句遺言裡的語種，改成了維吾爾語。

在老城舊街的深巷裡，若是彷徨良久，而並沒有一個了解你的維吾爾家庭，人會覺得難忍的孤單。我聽說過葉文福（他才算得上是詩人）的一個故事。他從喀什到烏魯木齊的長途車上，和滿滿一車維吾爾人同路。維吾爾人唱了一路，照例唱得瘋瘋癲癲。而葉沒有語言，也不熟悉他們。他枯坐一路，那時的喀什路要走六天。車到烏魯木齊，滿車的維吾爾心滿意足地下車了，沒有人理睬他。等到葉踉蹌下了車，他抱住一棵樹，號啕大哭起來。

這個傳聞使我感動不已。他能夠爲這樣的事而哭，這是詩人的記號。

和葉難過的一樣，我的命運也僅是旁聽。聽見了，愛上了，心裡發燙了，又無法深入，被拒之於外——眞是可怕的折磨。爲了掙脫葉文福的厄運，我在喀什至烏魯木齊的路上拼命跟上他們；我跟著大聲哼曲子，喊伴唱的吆聲，迅速地大致模仿哪怕一句，使勁地加人進去。他們露出了有名的微笑，不斷回過頭，向我瞟著鼓勵的眼神。鄰座的胖大嫂乾脆唱一個副歌是「郎呀郎，親愛的郎，你要找上一個好對象」的怪裡怪氣的知青歌來安慰我。

後來不再那麼慘。我多少學了幾段，多少進入過他們的環境。在果園子裡，在朋友們歡聚飲宴，在長途的灼熱戈壁路上。但我雖然努力加入還是停在表面，擺脫外人的遺恨是那麼難。這使我不能容忍，我幾幾打算撤退回頭。只是，在每一次的離別以後，那快活的耳音，那亞洲腹地的氣息，又挑逗一般不依不饒地追上來，又一陣陣不由分說地摩挲充灌！

它使人迷亂，它一陣陣誘得人不由得把雙肩著了魔似的漸漸端起，兩腳蠢蠢地尋找節拍。它被它的環境發酵得愈益濃烈，眼神都乜斜了，嘴角閉著微笑，白楊葉子也嘩嘩地響著切分音。一頭撞上了它，我怎能不暈眩，我只想一個勁地沉入進去，向著它紅豔或漆黑的神秘洞底。

這可是不折不扣的聽音樂。由於不懂歌詞，我聽的是單純的音樂，就像都會裡那些古典西洋大曲的崇拜者一樣。只是它可不那麼大雅大器，它不需要解釋，它新鮮明豔，它給人悅耳和心動的時刻，它不是「皇帝的新衣」——但是，它究竟是一種什麼音樂呢？

他們在塵土飛揚的廣場上唱，在烈日炎炎的沙漠路上唱，在新娘子害羞地不抬頭的婚禮上唱。肥胖的大師傅在油煙彌漫的灶台旁唱，蒙面的窮苦女人和傷殘的乞丐，在清眞寺的尖塔下唱。我被它引著領略悅耳和心動，可是我哪裡敢解釋。

所以在這篇隨感裡，前兩節我能依仗經久的體驗，而筆行至此，我只能大致追著直覺和感覺。我無法彌補這個缺陷了；誰叫我多少次猶豫，沒有決心攻下這麼美的語言。我唯有的僥倖心理是，歌畢竟是音樂而不僅是歌詞；也許，歌聲可以用直覺和感覺來判斷？

爲了確認再次西行。而一旦再次踏進，感覺如封存後的發酵，它深沉了。它不再那麼明麗，又一次在心中掀起的，是又似無形又在湧起的重重大潮。

絕望其實往往也是希望，我最終不能容忍自己與它無緣。

在帕米爾的高原，那年夏天可怕的曝曬就像世道，地皮被曬焦了厚厚一層，踏上去立刻升起一股白煙。聽說有一個婚禮正在舉行，我趕快跑了去。院落裡積著一尺厚的黃土粉末。即便那樣他們跳得滋味濃足。他們一個個深眉俊目，銳利的眼神在挑著塵土的舞步中柔和了，嘴角掛著優雅的微笑。兩個男子吹著鷹翅骨製成的骨笛，兩個女人擊著大張的皮鼓。就那樣兩支笛，兩張鼓，他們不間斷地奏出撩人的曲子，那異樣的旋律不可思議。我目不轉睛地聽到天色昏黑，沒有歌，只有單調的四件樂器裡流出的魅人樂曲。

我絕望於捕捉和記憶。那一刻我明白了，做什麼都是徒勞的，此刻只該就這樣與他們同在，加入這肆情流溢的中亞情調。背後是近在咫尺的冰峰，在塵埃中，它若隱若出，如秘如讖，強大地吸引著渺小的我。

一個白皙的少婦接過了手鼓。她仍然擊打著那個節拍，只是一舉手一側目，明眸瞟過或淡淡一笑，都使我陣陣受傷。她簡直不是此界的人物；我猜，一定只有在最古老的兩大文明混合時，才會有如此的美女誕生。是哪兩大文明呢，突厥和吐火羅？或者是印度和波斯？誰也再不可能猜測了，只有她的鼓點伴著鷹笛的婉轉，匯成世人不知但魔力無垠的音樂。舞步在凸凹的土地上輕跳慢踏，長長的睫毛在肩頭上面垂下。險峭的高原也被暈染了，我被蒙裹在色彩裡。這種歌，這種音樂——它是一個魔女，不留一絲殘剩地，專門掠奪和俘虜人心。它又是一服甜甜的毒藥，誰飲下去誰就再不得脫離。

不能看著美逃跑。我在想辦法，總會還有一些辦法。

漫長的日子裡我魂不守舍，中了魔症般一次次進入了秘境。哪怕在最嚴謹的學習中，感覺也是無法推翻的：這是一個文明林中的魔區。除了咬著牙一次次反覆奔波著靠近，除了多少學幾句話幾首歌，除了做些微的語言急救之外，我使出了吃奶的勁，從其他方面補充。也就是說，閱讀、學習、考古、旅途，反正追著它，不捨棄。我讀著，聽著，一點一點地了解著它。漸漸地我的視野不再那麼朦朧，音樂開始顯現一點輪廓。

它不是一道支流，它是一個樞紐或者核心。這和亙古的、我熟識的那種牧民的長嘯不同。綠洲像串起的文明珍珠，這裡本身就是一個發達的文明中心。古遠的伊蘭人（這個概念準確麼，反正是一種印歐人）、粟特人在這裡大規模活動過，雖然在史料上無聲無息。

後來突厥南下的浪頭重重滾來，突厥化使得牧人的長調得到了質變。直到蒙古鐵蹄激起的狼煙散盡以後，西方和東方在一個紐結上再生了。

很久以後的突兀一天，人們才猛省般悟到，伊斯蘭是新文明響亮的名字。所有古伊蘭的、吐火羅的、印度的、突厥的和回鶻的、阿拉伯的和波斯的一切，都響起了魅力十足的鮮豔旋律。當知道了這些以後再轉過眼睛：它正如醉如痴地唱著，它和它更富魔力的音樂形象遙遙微笑著，望著目瞪口呆的我。

第一次，這回是我獨自微笑了。因爲恰巧我新配了一把鑰匙。

秋天，秘密地帶著我的鑰匙，我又一次奔向沙漠南緣，奔向我已經對它刮目相看的喀什噶爾和葉爾羌。

英吉沙古城的這個夏天依然酷熱。白楊樹和葡萄架的葉子在肆虐的日曬下，已經不再綠閃閃地抖擻。夾道的饢坑鋪子，沙啞的歌聲琴響，這情調任世道變遷不改底色。女人長裙，男子花帽，滿街都是神秘異域的眼神。眼中是熟悉的中亞小城風景，心裡是翻捲的波瀾。渺小的我，終於在一群維吾爾人中間，被他們緊握著手，簇擁著，走過他們的風情街道，走進他們的乾淨庭院。二十年後，終於有了一個改變。在那個炎熱的正午，我獲得了和「它」的關係的改變。

我也許已經累得衰老，但我懷著的，還是那年喀什路上的那顆心。那年我不會一句，而今天——我掌握了幾個關鍵詞。

我跟著節拍，踏上了維吾爾人的、圓圈般的打依爾。如今我們用音樂和舞步，來暢談我們心中的迪尼。倚著門框的女人和那年帕米爾見到的一樣漂亮。她驚異這個東干，居然流暢地和男人們一道唱著即克爾。一個穿恰袢的人居然當場進入了費那，他的臉頰上流淌下了幸福的淚水。

上述語詞的注解是多餘的。一切都只不過是氣氛中的因子。重要的是終於有了我們的話語。當然，其實語言也是次要的，充溢一切的是音樂。

望著這情景我不由笑了。忽然我想到了葉，若是堅持下來他也會笑的。胖胖的母親滿面笑容，忙著在桌單的上面換上更多的食物。那個粗壯的漢子則著急地準備給客人的禮物，我已經看見了英吉沙特產的鑲嵌刀子。四壁的掛毯圖案酷似波斯，也像音樂一樣難以捉摸。放下剛喝了半碗的奶茶，顧不上吃一顆晶瑩的葡萄。打依爾上，人們已經開始了旋轉。

那是人一生中難得幾次的、短暫的點悟時刻。因爲我不僅見識了傳奇中聽說已久的舞蹈祈念；還結識了第一個apiz。只有這個詞需要解釋一下：維語中使用阿拉伯語彙借詞時，通常省略詞首的送氣音h。所以，apiz（阿皮茲），就是阿語中的harfiz。解釋它很複雜；在這裡，它指專司伴唱的蘇菲世界的歌手。

他是一個綠衣的中年男人，眼睛裡含著憂鬱。他總是嘆息般地望著我，一件暗綠的長衫上繡有綠絲線的花紋，對扣的襟口也縫著銀綠的花邊。看來，他在激動的時候不外現，神色嚴肅。不像比比皆是的巴扎攤和飯鋪子歌手，不是那種粗魯的莫合菸嗓子，他有著一副顫抖的、圓潤的職業歌喉。

歌聲如怨如訴，踏著使人搖晃的節拍。正是這個調子，你使我痴迷了半生。現在你正爲我響起，阿皮茲就站在我的身旁，從他那兒，歌聲流水般不住地汩汩淌入打依爾。都陶醉了，但阿皮茲沒有一刻間歇，他邊唱邊輕輕地搖著頭，像是體會著自己的歌唱。我盡心地投入陶醉，隨著拍子在圈子上旋轉。我要抓住難逢的機會，和我尊重的他們共度良辰。微醺之中，我勉強地分出一念確認著葡萄、饢，還有和田壁毯，我提醒自己說：記住幸福。

如今問題就有趣了，究竟是這片世界的音樂底色，使得統一它的信仰沾染了濃重的音樂味道呢，還是信仰輸入時也一路送來了音樂？是阿拉伯、波斯、印度都溶成一道道源流灌溉了這片古老的綠洲呢，還是這秘境的風土使得伊斯蘭唱起了豐饒快樂的歌？

追究也許可有可無，總之此刻它們是渾然的一體。它們早就再也難分難辨，宛如一首歌中的曲和詞，一種歌中的情調和內容。阿皮茲，如果遠昔的古文化裡沒有它，那麼它隨著強勁的文明之風吹來時被催生了。如果它本初就是生活中的水，那麼它已經被兌上潔白的乳和香醇的酒了。重要的是阿皮茲的存在，還有他胸中無窮無盡的歌。

走下打依爾的時候，我們已經成了朋友。剛才哭了的男子久久拉著我的手，難受地說「難道胡大眞的要我們馬上分開麼」。領袖般的老者翹首朝著天空，自語著感謝上蒼。只有阿皮茲沒有表達，他拂拂青綠的長衫，默默地目送著我，他已經在詠唱時表達過了。

那一天，綠洲的暮色從來沒有那麼溫柔。高空的白楊長梢，在沉重地搖來曳去。我只能離開；推辭水珠滾動的大串葡萄，推辭滿是金黃的黏稠汁液的無花果。我實踐著又一次的離別，就像我經常非要離開美好的時候一樣。我甚至沒有顧上傷感；因爲對我來說，阿皮茲的發現席捲了並充斥了我的心。

我緊緊地抓著他。淡綠的繡花袖口，遮住了我們緊握的手。捨不得，我想著。抬頭望去，毒日頭還在驕橫地施虐。還是不要久留吧，我做出了決定。阿皮茲不眨眼地注視著我，像是在審視我追求眞知的程度。我覺得他的雙眼那麼美，那樣深陷的眸子，就像深藏的夜星。

也許，傳說中的木卡姆，喧囂中的木卡姆，其實就是源於阿皮茲的蘇菲之歌？我想著，又覺察到自己的不安分。但是我更判斷著學術與邏輯，是不安分麼？我突然心花怒放，我笑了，一邊把阿皮茲的手握得更緊。

最後的感覺，是欣慰呢還是難過？你在爲無法更深入而難過的同時，也在最後辨出了它的本相。最後的時光我默然無語。你也許是一個失敗者，但你畢竟嚮往過，甚至兩腳塵沙地探詢過——所謂天籟。不必強求做到更多了，我想，你已經耗盡一生，不該奢望過度。不僅如此，當失助的文明被歧視和欺侮時，你留下了你判斷是正義的辯解。你已經成爲了一個美好絕唱的，哪怕蹩腳的介紹者。那麼，在剩下的時間裡，你不妨悠閒地走走，做一個享受者和欣賞者吧。

懷著這樣的心情，我常在古蹟上散步。

在近郊，在僅僅隔了一步就和都市離開的冷清野地裡，矗立著泥塗表面的迪尼麻扎。

我走近時，看見那裡獨自跪著一個農民，破舊褐衫的枯瘦老人。他撥弄著一小堆點燃的枯樹枝，把手指直接插進火堆裡。篝火很小，不過是熄了又亮的，一小簇枯樹枝架起的火苗。褐布的恰袢和土地混爲一色。他的靴子滿黏著紅褐的泥巴。他痴痴凝視著微弱的青煙，漫聲哼著一些句子。那身四郊最普通的褐色恰袢和也曬成了土褐色的圓帽，與幾天前結交的，潔淨綠衣的阿皮茲恰好成了一對。而歌聲卻一模一樣；他獨自地低唱著，若有所思地搖著肩頭。他不時把手伸進火苗撥著枯枝，好像火苗一點也不灼手。

我在寂靜的空曠中走近。間或他濁重地咳嗽，他的曲調時有時無。但是聲音慢慢散開，原野如同被點化著，浮現了情調。我那時靠得很近，聽著那些滑落的音節和沙啞的喘息，遠處的暮靄一層層次第蒼涼了。我要溶人，我捧起了雙手。我模仿著，追隨著空中的旋律，開口吟唱起來。開了頭，當吟到《阿葉提・庫勒西》時，褐衣的老農禮貌地對我欠起了身。

他濁啞地問道：

Siz...Dini üxün ma?

（您是……爲了迪尼嗎？）

Män...bir Apiz boldem.

（我是……一個阿皮茲。）

我輕聲地回答。

剩下的傍晚時光，都是音樂的低訴。無論一身土褐散漫坐著的維吾爾老農，還是滿腳塵沙的我。我們各自吟嘆，時間就在身邊流過，曠野裡只有我和他。我抬起頭來，看見遼闊的喀什噶爾大地上，蕩漾著暮靄的黃色。

我覺察到了難以言說的和諧。我信服了，人間的音樂，確實起源於神授。我記憶著心靈的洗滌，記憶著這個永恆的邊緣。我緊靠著它，它溫暖著我，一直到黑藍晶瑩的夜幕完全垂落。

＊　＊　＊　＊　＊

我迷戀著各種異族的音樂，心裡卻想著母語和故土。從遠古的禮樂時代開始，其實我雙腳踏著的這塊大陸，也是一個音樂的源頭。只是旋律隨時間而僵硬，和聲之律變成了秩序。不知爲了什麼，氣質和眞情一絲絲被排斥，古樂衍化成了統治的禮教，音樂可哀地異化了。

只剩下邊緣死角。只剩下貧瘠不毛的旱渴之地，還殘留著幾聲熾熱和苦澀，還繚繞著一響擾人的呼叫。

當植被和綠色都破壞淨盡，當世界已是一派荒漠的黃色，人的心事更重了。年復一年，我徘徊在黃土的塬坪峽谷之間，尋尋覓覓，山東山西地找著新的《三十里鋪》，高山空谷地聽著《花兒》和《少年》。但是，封建主義是一個無處不在的主宰；它使人吶喊著又要矜持，渴盼之中又要規矩。它總使每一股鮮活的情感，都依附在另一股強大的束縛之上。

於是我便步不可收，急劇地滑入了深淵。憶起來一切如同前世的定然，三十年過去了，留下腳印般的履歷。在漫野的美聲魅惑中，我如中魔症，如被奪魂，離官俸利益、大勢時潮步步遠了。猛然驚覺時，才發現自己像是初次做人，剛剛嘗到一點人性的滋味。

有一些糾纏我半生的命題，諸如木卡姆與蘇菲傳播的關係，諸如不同語言的樂感、它們與曲調的承載諧調……，要承認自己已經很難深入了。不用說更使我傾心的那個題目——關於那片覆蓋著廣袤歐亞內大陸的浪漫音樂之海，究竟是從印度起源還是從波斯起源——不，已經不是此生可能窮究的領域了。

但是更多的依然是滿足的感覺。因爲我畢竟聽見了，我沒有完全墮入失聰，這是一件使我悄悄喜悅的事。

懷著感激，我不斷地學習，一次次踏上長旅。我和深愛的人們時散時聚，共享和分憂著文學和生計。流年之中，我總是聽見耳際充斥著一脈歌聲；是的，就是它，是它在陪伴著我，生息度世。

我的童年

我是一個山東大漢，住在北京我覺得如在異鄉。站在濟南府的杆石橋頭，永長街和舊新街的窄街陋巷就擁入眼簾。在日落時分的昏暮中，那城邊關廂的回族貧民便熙熙攘攘，忙碌奔波於他們艱難的生計。

我應該在那青石的橋頭上玩耍，我應該在那濕窄的小街裡出沒。我應該做爲飲虎池邊那慈祥的法五爺的外孫子，爲我的家鄉寫下一篇篇美好的文章。

然而血液也是一條河，它沖激著我收不住腳，由蒙古而新疆，由天山戈壁而河西隴東。在這無法止步的長旅中我領悟了：原來我是一個天生的浪子。

有時我對著河山如瘋如痴，有時我新到一地卻感到久別重歸，有時我暈暈然弄不清自己的籍貫，有時我覺得山東人命定的要以天下爲己任，四海爲己家。

在甘肅河州，當我看見這個白帽少年時，我突然想起了家鄉，想起了杆石橋頭的黃昏，那一剎間我感受到的酸甜苦辣簡直是可怕的。

如果這就是故鄉，那這故鄉實在太遼闊了。

其實這是個重大的、需要深思熟慮的問題，而我卻似乎輕易地決定了。

因爲無論是濟南府還是河州府，無論是杆石橋昏暗的棚戶矮屋還是黃河沿貧瘠的山梁溝壑，哺育出我們這樣的兒子實在太不容易了。

北方的河

對於我，你不僅僅是一條血脈、一種自豪、一個文明賴以誕生的世界，而是一道科學的軸線。

沿你波濤的上下，在粗疏的巨大空間和時間裡，唯我能以兒子的身分進出幾塊文化沃土之中。唯我有破譯你上上下下一切秘密的索引，唯我能比較區分，唯我聽得出浪花的語言和潛流的旋律。

在有了這一切之後，成年的我又一次像孩子一樣，深深地愛上了你，我的黃河。我的帆一樣的白帆布帳篷在你的流域裡漂游。就著你的濁水我吞下的知識能超過幾所大學的教授。如果說著作高於一切的話，我已經可以疾書不收；但是——唯有滿溢心底的這一腔情感，卻無法表達，卻找不到一個字表達。

偏偏我渴望表達的又只有這一腔情感。

於是我體會到了先我千年的那些哲人義士的心境。於是我預知了後我將來的年輕人的命運。我們都一樣：都只能對你永遠地默默注視。

天又亮了，我該拆下那頂白帳篷。

帶我走吧，北方的河。

中國印象

不，沒有什麼。我從來沒有說過一次「我孤獨」。

我只是安寧、穩重、沉默。在草莽和荒涼的荊棘叢裡的山坳裡，從無言中獲得了一次昇華。

這昇華價値千金。我默默地任人說「它有五千年的文明史」。我默默地任人說「它是一位堅硬如鋼的好漢」。我默默地任人說「它曾挾著雷電輝煌地劃過長空」。我默默地任人說「它正是潛伏忍受，等待著歷史再給它一道靈氣」。

當然，我也默默地任人說，說什麼榮枯有數，虎落平陽，大勢已去，可笑可嘆。

山坳在季節的巡迴中將黃又綠，時間在我滿身的紋理上流逝不停。我憐憫地默視青枯草在我腳下枯敗，我欣喜地凝望著小樹在我面前挺拔。我不是一個人；被狡猾的歷史書刪去了的人民和他們心裡的秘密陪伴著我，等著一個又一個的明天。

原來就是這樣：因爲我沉重的分量，這世界得到了平衡。

青春回憶：額吉

這一幀照片比那篇牙牙學語的小說有力多了。還是要仰仗您親自出馬，額吉。

加一片R60紅色濾鏡，酷暑草原上的灼燙陽光就塗在您額頭的皺紋中了。那一角白襯領不和諧麼？但是它是您的兒媳、我的妻子送給您六十誕辰的禮物。

也許這一段歷史就是這麼不和諧：人們咒罵它已經苦於無法花樣翻新；而我們卻在彼此珍惜著——我傾注全部感情按下了快門，您莊嚴鄭重地穿上了那件襯衣。

十八年前我剛滿二十歲，要我回憶十八年前的一切已經不可能了，青春已經長逝不返，草原又是那樣遠不可及。

我眞的已經忘光了青春，而且不憐惜。

我的青春回憶只有這麼一幀肖像。

誰能從這幅蒙古老太婆的肖像中看到一個男人的影子，誰就是我最親愛的朋友。

正午的夢

正午是人生的中年。因爲正午過後，生命就要傾斜著滑向黃昏，所以正午這個詞本身也許有著悲愴和堅毅的語感。

很少有人正午做夢，或曰白日做夢。但是，年在正午而更摯切地追求夢境的人，是一種童心不老的人。

世間是厭惡所謂童心不老的。

正午之夢往往是獨自一人的艱難尋覓。

在這淺灘上他多半什麼也找不到，而且這貌似深不見底的河水裡多半什麼也沒有。

不是河，是塔克拉瑪干的大沙漠。

你和我都知道結局：他不會找到的。

因爲世間的不寬容他來到了這裡，而且沒有與人結伴。因爲心裡的不屈服他堅持著，至今不願意回家。

河感動了。河陪伴了他很久。後來河翻起波瀾，浮光躍金，河與他一塊沉入了一個輝煌的夢境。

他也像是走進了沙漠中心美麗的海市。

INK publishing

作　　者　張承志
發 行 人　張書銘
責任編輯　高慧瑩
校　　對　黃筱威、高慧瑩
出　　版　INK印刻出版有限公司
台北縣中和市中正路800號13樓之3
電話：02-22281626
傳真：02-22281598
e-mail：ink.book@msa.hinet.net
法律顧問　現代法律事務所郭惠吉律師
總 經 銷　成陽出版股份有限公司
訂購電話：02-26688242
訂購傳真：02-26688743
郵政劃撥　19000691　成陽出版股份有限公司
印　　刷　海王印刷事業股份有限公司
出版日期　2002年5月初版一刷
2002年5月初版二刷
定　　價　280元

ISBN　986-80301-3-7

國家圖書館出版品預行編目資料

鞍與筆的影子／張承志著　－－初版，－－臺北縣中和市：印刻，2002〔民91〕
面；　公分

ISBN　986-80301-3-7（平裝）

855　　91006479

鞍與筆的影子

讀者服務卡

姓名：________________

性別：□男 □女

生日：______年______月______日

學歷：□國中 □高中 □大專 □研究所（含以上）

職業：□軍 □公 □教育 □商 □農

□服務業 □自由業 □學生 □家管

□製造業 □銷售員 □資訊業 □大衆傳播

□醫藥業 □交通業 □貿易業 □其他________________

郵遞區號：__________

地址：________________________________

電話：（日）________________（夜）________________

傳真：________________

e-mail：________________________________

購買的日期：______年______月______日

購書地點：□書店 □書展 □書報攤 □郵購 □直銷 □贈閱 □其他

您從那裡得知本書：□書店 □報紙廣告 □報紙專欄 □雜誌廣告

□親友介紹 □DM廣告傳單 □廣播 □其他

您對於本書建議：

感謝您的惠顧，為了提供更好的服務，請填妥各欄資料，將讀者服務卡剪下直接寄回或傳真本社，我們將隨時提供最新的出版、活動等相關訊息。

讀者服務專線：（02）2228-1626

讀者傳真專線：（02）2228-1598

請填妥後對折裝訂，直接投郵即可，免貼郵票。

廣告回函
台灣北區郵政管理局登記證
北臺字第10441號

236
台北縣土城市永豐路195巷9號

印刻出版有限公司　收

讀者服務部

INK PUBLISHING